La peluquera y Proust

NEFELIBATA

Stéphane Carlier

La peluquera y Proust

Traducción de Isabel de Miguel

Duomo ediciones
Barcelona, 2024

Título original: *Clara lit Proust*

Primera edición: junio de 2024

Duomo ediciones es un sello de Antonio Vallardi Editore S.u.r.l.
Pl. Urquinaona, 11 3.º Izq. Barcelona, 08010 (España)
www.duomoediciones.com

Gruppo Editoriale Mauri Spagnol S.p.A.
www.maurispagnol.it

ISBN: 978-84-19521-73-6
Código IBIC: FA
DL: B 2.602-2024

Diseño de interiores:
Agustí Estruga

Composición:
David Pablo

Impresión:
Grafica Veneta S.p.A. di Trebaseleghe (PD)
Impreso en Italia

Para mi hermano, Raphaël, una luz en la noche

«Hay que liberar el propio ser,
encontrar sus verdaderas dimensiones,
no permitir obstáculos».

VIRGINIA WOOLF

I
CINDY COIFFURE

A pesar del frío, Madame Habib ha salido a la calle sin más abrigo que la blusa. Está fumando, con un brazo extendido para alejar el cigarrillo y el otro doblado sobre el pecho. A un tiempo rígida y temblorosa, examina el escaparate de su peluquería como si quisiera desentrañar un misterio. Las letras blancas del letrero, el inmenso póster en el que una mujer peinada al estilo Louise Brooks mira hacia abajo como si se examinara los pies, la lista de precios sobre la puerta de cristal. En el extremo opuesto, debajo de todo, inútil y solitario en su jarrón transparente, un tallo de bambú que no ha crecido más de un centímetro.

–Lo que no funciona es el nombre: Cindy. Así se llamaba la hija del antiguo propietario. En 1982 el nombre estaba de moda, pero hoy no nos dice nada.

Madame Habib se equivoca de pleno sobre la categoría de su peluquería. Ha soñado tanto con su salón que ha acabado por convencerse de que dirigía el equivalente a un Dessange, uno de esos salones de lujo, cuando en realidad Cindy Coiffure es un local minúsculo y alargado, escondido en un hueco oculto en un pasaje, y sobrevive gracias a una clientela de habituales cuya media de edad está próxima a los setenta años. Cindy Coiffure es exactamente el nombre más apropiado para el local.

–Y que no me hablen de esos nombres acabados en «-tivo», como «Cualita-tivo» y cosas así. Detesto los juegos de palabras.

Madame Habib aspira su cigarrillo, y Clara lo oye crepitar.

–Se me ha ocurrido un nombre. Ya me dirás... –Hace una pequeña pausa para causar más efecto–. El Jardín de las Delicias.

Madame Habib siempre tiene un problema con los nombres. Empezando por el suyo propio. No le ha perdonado a su marido que le transmitiera un apellido que le taladra los tímpanos, cuando su nombre de soltera era Delage. «Digan lo que digan, la verdad es que Jacqueline Delage suena mejor que Jacqueline Habib».

–¿Qué te sugiere el nombre?

«Un restaurante chino», tiene ganas de responder Clara, pero se contenta con encogerse de hombros. Si no se tratara del nombre de la peluquería, sería que la fachada necesita una capa de pintura o que es preciso empezar a hacer trabajos de manicura. («¿Has visto que el salón de manicura de la Rue Thiers está siempre lleno?»).

Ya sabe lo que pasará a continuación. Madame Habib dará una última calada al cigarrillo y arrojará el humo lo más lejos posible mientras aplasta la colilla con el pie izquierdo, dirá algo como «hoy no nos moriremos de calor, desde luego» y volverá a la peluquería. Se lavará las manos en la trastienda y se meterá en la boca un caramelo de menta. Al salir se mirará en el espejo, se alisará la falda y ocupará su lugar detrás de la caja. Entrará alguien y la peluquería cobrará vida con el sonido de las conversaciones susurradas, el aire de los secadores de pelo, las canciones nostálgicas de tiempos pasados..., y será como si nunca se hubiera hablado de El Jardín de las Delicias, de las palabras acabadas en «-tivo» y de los nombres que estaban de moda en 1982.

Normalmente, la primera en llegar es Lorraine. La peluquería apenas acaba de abrir cuando ella entra portando dos cafés sobre una bandejita redonda y se instala en el amplio taburete de la caja para charlar con Madame Habib.

Lorraine lleva el *bar tabac* en la esquina del pasaje con la Avenue de la Libération. Cuando llega a la peluquería hace varias horas que está de pie y ya no puede con su alma. Sus clientes la exasperan. Esos tipos que necesitan su calvados a las ocho de la mañana y le hablan como si se tratara de su mujer o su hermana. Esos pobres que se gastan su subsidio en metálico o lo dejan a cuenta, con el ruido de las monedas sobre el mostrador cuando recogen su tique. Esos fumadores avergonzados: «Me llevo un paquete de Dunhill; vaya, cuánto tiempo». Jacqueline la escucha tan inmóvil que, vista de espaldas, se diría que duerme de pie. Ella también visita a Lorraine cuando tiene un momento, pero más tarde y no tan a menudo. Cuando regresa, casi siempre canturrea y huele a aguardiente de ciruela.

Lorraine dice a menudo: «Esta mañana tenía las mismas ganas de venir que de ahorcarme». Cuenta los días que quedan para sus vacaciones y, cuando están cerca, se transforma. Cuando, poco antes de salir de vacaciones entra en la peluquería para cortarse y teñirse el pelo, no es la misma mujer. Se diría que es su hermana gemela, una mujer realizada y enamorada... A su regreso tiene un color bermellón y unos kilos de más, y su cabello conserva un tono rubio. El bienestar se prolonga; habla de apuntarse a taichí, de volver a la fotografía, «esta vez va en serio». Pero cada vez lo comenta menos, y poco después del comienzo oficial del otoño, cuando los últimos vestigios de su bronceado se han desvanecido, vuelven a su boca otras palabras: «Esta mañana tenía las mismas ganas de venir que de ahorcarme».

A las nueve de la mañana, en su peluquería, Madame Habib tiene el aspecto de una mujer en un casino el sábado por la noche. Blusa de seda beis o estampado de leopardo, pulseras que tintinean con sus mínimos gestos y Shalimar, mucho Shalimar, tanto Shalimar que el perfume impregna el local y se ha convertido en un distintivo tan reconocible como el embaldosado blanco que imita el mármol o las dos notas de la campanilla de la entrada. Un maquillaje excesivo acentúa la expresión de cansancio de sus ojos ligeramente saltones. Tiene la voz ronca, rota por el tabaco, como si hubiera pasado el día esperando. El moreno de su tez se debe tanto a los polvos de maquillaje como a las sesiones bajo la lámpara de rayos UVA. Madame Habib es adicta al bronceado (cuando hace buen tiempo, durante la pausa de la comida, no es raro verla en la Place de la Libération, sentada en la esquina del banco al que todavía no le da la sombra, comiendo una ensalada de arroz con el rostro al sol).

A menudo, el martes por la mañana Clara se pregunta qué habrá hecho Madame Habib los dos días anteriores. Sobre eso no hablan; su relación excluye tal género de confidencias. Lo que ha permitido a Clara hacerse una idea de quién es su patrona son las confidencias a los clientes que ha podido captar a lo largo del tiempo.

Sabe que hubo un monsieur Habib, quien le legó el detestable apellido, y que en algún momento desapareció, ya fuera porque muriera o simplemente se marchara. Clara no está segura, porque es el tema más tabú de todos. Madame Habib tiene una hija, que trabaja como enfermera cerca de Toulon, a la que ve un par de veces al año, y con la que no parece mantener muy buena relación. Y también está París –¡Oh, París!–, donde Madame Habib vivió en otros tiempos, una época de la que le gusta mucho hablar. Siempre cuenta las mismas historias. Que veía la cúpula del Panteón desde la ventana de su cocina; que un actor, cuyo nombre Clara ha olvidado, le dejaba rosas delante de la puerta cuando se iba al teatro; que los parisinos son inteligentes y cultivados, y que todos leen. «En el metro, hasta el más zote tiene un libro entre las manos». Puede que esta sea la razón de las arrugas que forman dos paréntesis a ambos lados de la boca de Madame Habib: ya no vive en la ciudad donde ha sido más dichosa.

«Zote» es una palabra que le gusta. Y también la expresión «alborotar el gallinero». «Sin intención de alborotar el gallinero estamos acabando con las reservas de Infinium y no entiendo lo que ha pasado». Además, dice «salón de uñas» en lugar de «salón de manicura», y lo dice a la inglesa: «*nail salon*».

–Una amiga de mi hija ha abierto un *nail salon* en Hyères con mucho éxito –anuncia, atenta al efecto de la frase en su interlocutora.

Por supuesto, corren rumores. Se dice que hace unos años la vieron atravesar un campo de colza a las afueras de Baune tras dejar su Mini Morris Mayfair aparcado un poco más allá, junto a la carretera. Se dice que estaba borracha. Se dice también que, cuando llegó a la comarca, antes de encargarse de la peluquería, salía con el hombre que era entonces alcalde de Dijon.

A Madame Habib le gustan los hombres, de eso a Clara no le cabe ninguna duda. Se nota en su forma de mirar a los pocos que entran en el local, en cómo se dirige a ellos, sin importar si son guapos, feos, jóvenes o viejos, si llevan monos de trabajo o chancletas hawaianas. Se nota también en su forma de tratar a J. B.

J. B. es la pareja de Clara. Y es también el único tema personal que Madame Habib se permite abordar con su empleada. O, mejor dicho, el tema que no puede evitar abordar. Fue así desde el primer momento, desde el primer día en que J. B. vino a buscar a Clara a Cindy Coiffure. Jacqueline no podía estarse quieta; los labios le temblaban de emoción. Se notaba que lamentaba no haberlo sabido, no haber tenido tiempo de retocarse el maquillaje. Se comportaba como si tuviera la misma edad que ellos, como si hubiera ocupado un lugar en el corazón de J. B. antes que Clara. Era del todo absurdo; parecía una comedia de teatro de barrio. J. B. interrogó a Clara con la mirada, y esta sintió deseos de tranquilizar a su jefa, de decirle que todo iba bien, que no había ningún problema, que no se pusiera nerviosa.

Pasaron unos días, y una tarde, a la hora de cerrar la peluquería, Madame Habib le confesó a Clara:

–Si hubiera tenido un hombre como él en mi vida, la peluquería me importaría un rábano. De hecho, creo que no trabajaría; me pasaría los días cocinando, cuidando nuestro apartamento. Haría lo necesario para que no se marchara.

Antes de descolgar el teléfono, Madame Habib aparta su zarcillo de la oreja derecha. A continuación dice: «Cindy Coiffure, buenos días, soy Jacqueline» de una tirada, mientras contempla la puerta acristalada, aunque no haya nadie al otro lado, y con la mano derecha sopesa su zarcillo como si se tratara de una canica.

También está Nolwenn, la otra empleada de la peluquería. La verdad es que su figura carece de contornos y raramente cambia de expresión. Tanto si cuenta que su cuñada ha perdido el bebé que esperaba como si le hace a Clara un regalito de cumpleaños, conserva una expresión neutra, y solo se anima cuando mira vídeos en su móvil. Una amplia sonrisa surca la parte inferior de su rostro cuando ve a un chimpancé paseando a un lechón con correa o a un *golden retriever* joven intentando subir su primer escalón. Estuvo mucho tiempo mostrándole esos vídeos a Clara, hasta que dejó de hacerlo, decepcionada sin duda por la tibieza de sus reacciones. Ya no los comparte con nadie, y durante sus descansos no es raro oír cómo se carcajea a solas en el patio trasero de la peluquería.

Dice cosas como «pienso de que todo irá bien» (en lugar de «pienso que», porque el «de» no es necesario en este caso), «costurera sin dedal, mal atina con el ojal» (cuando una clienta se deja un botón del abrigo sin abrochar), y también «cabello recalcitrante», una expresión que utiliza a la menor ocasión desde que la oyó recientemente. En ocasiones incluso emplea dos de esas expresiones en la misma frase: «No pensaba de que pudiéramos hacerle un alisado a Madame Rinaldi, con ese pelo tan recalcitrante que tiene, pero funcionó».

La relación con su jefa no ha sido siempre buena. Al principio, no se entendían. «No tiene ojo», decía Madame Habib, que, cuando observaba su forma de trabajar, salía a fumar un cigarrillo para tranquilizarse o, peor todavía, la relevaba en su puesto en mitad de un corte de pelo. También la incomodaba su forma de estar, la sensación de molicie que desprendía. «Escucha, ponte de pie. ¡Pareces una vaca mirando pasar un tren de alta velocidad!». Parecía evidente que no duraría mucho en el trabajo. Sin embargo, Nolwenn es fuerte, mucho más fuerte de lo que parece. Cuando oía los comentarios de Jacqueline, seguía trabajando sin dejar traslucir efecto alguno en su ánimo, arreglaba un bucle o repetía para sus adentros el nombre o la cantidad de un producto. Esta determinación muda debió de impresionar a Madame Habib y, contra todo pronóstico, Nolwenn se quedó. Hoy la relación ha mejorado. Nolwenn se sienta en cuanto puede y siempre tiene prisa por marcharse (deja de trabajar a las siete en punto y sale casi corriendo), pero ya no comete grandes errores y se tapa la boca con la mano cuando bosteza. Madame Habib todavía la vigila, y en ocasiones la sermonea («¡Un poco más de clase, por favor!»), pero el tono ya no es el mismo. Nolwenn ha encontrado su lugar en Cindy Coiffure, hasta el punto de que parece incluso la que más cómoda se siente en el local. Como si, con el tiempo, se hubiera producido una especie de simbiosis entre este local modesto y simple y esta mujer joven que, a su manera, se le parece.

En una ocasión, Nolwenn volvió de las vacaciones con el pelo rizado. Se había hecho unos bucles cortos. Es un peinado que no le queda bien a nadie, y menos a ella. El efecto de esos pequeños bucles flanqueando su rostro grueso y agitándose al más mínimo movimiento era desastroso. Las clientas se quedaban un rato mirándola, y algunas interrogaban a Madame Habib con la mirada. («¿Ha perdido una apuesta? ¿Se está preparando para una fiesta de disfraces?»). Jacqueline no hizo ningún comentario. La jornada debió de parecerle especialmente larga a Nolwenn, que, al día siguiente, apareció con el pelo liso.

También está Patrick. Solo trabaja los sábados y los días festivos: en Pascua, Todos los Santos y Navidad se le ve cada día. Es como el artículo de lujo de Cindy Coiffure. No hay duda de que Patrick es un peluquero excepcional. Madame Habib lo ha repetido hasta la saciedad. «Un día tendrá su propia peluquería en Dijon, o incluso en Lyon».

Es un chico un poco grueso, y su apariencia no siempre es impecable. Al parecer, no lleva una vida sencilla, porque está separado de la madre de su hijo, al que no ve tan a menudo como desearía. Patrick lo calcula todo –el precio de los cortes de pelo, la cantidad de las propinas, las horas trabajadas– y se irrita con facilidad. En una ocasión trató a una clienta, Madame Garcin, de «vieja gruñona». Madame Habib lo obligó a presentar sus disculpas, y Patrick así lo hizo. Madame Garcin fingió que no se lo tomaba a mal, pero dejó de acudir a la peluquería.

De todas formas, Clara opina que Patrick podría sonreír un poco más. Jacqueline debe de pensar lo mismo, pero no dice nada. Como tampoco dice lo que piensa de sus retrasos, de sus uñas mordidas o de esas camisetas negras que lleva por fuera de los pantalones. Tiene demasiado miedo de perderlo. Cuando Patrick está en la peluquería, Madame Habib no es la misma. Está más tensa, habla menos y lo observa de reojo para asegurarse de que todo va bien. Sabe que la reputación de su peluquería se la debe a Patrick. Algunas clientas vienen de Lons para que Patrick las peine. A Clara también se le da bien, y las clientas la aprecian, pero no harían hora y media de carretera para verla.

También a Patrick le cae bien Clara. Le da a entender que es una de las pocas mujeres de Cindy Coiffure que no lo deprime. En una ocasión, le mostró en su móvil unos dibujos, una especie de mangas en blanco y negro, eróticos y violentos. Clara se quedó impresionada; ¿lo había hecho él? Intentó también que se aficionara a Rage Against the Machine, según Patrick uno de los mejores grupos de metal de todos los tiempos, pero en esa ocasión no logró convencerla.

Un sábado en que tenía una clienta detrás de otra, comentó que no pensaba «pudrirse en este agujero». Estaba fumando un cigarrillo liado a mano en el patio trasero, en una pausa entre dos clientas. Era verano, el aire acondicionado estaba estropeado y en la peluquería hacía un calor asfixiante. «Y tú, lo mismo», añadió. Clara hubiera deseado saber qué quería decir, pero Patrick apagó su cigarrillo contra la pared y volvió al trabajo.

Madame Habib siente una rendida admiración por Jacques Chirac. Según ella, Francia nunca fue tan poderosa como cuando él ocupaba la presidencia, y a partir de ahí, todo empezó a descontrolarse. Incluso ha colgado una foto de Chirac en la pared, justo encima de la caja registradora. Es una foto en blanco y negro, recortada de una revista, y a Chirac apenas se le reconoce; se diría que es un actor de la edad de oro de Hollywood. A los escasos clientes que se fijan en la foto, les explica: «¿Con un físico así, qué queréis?». Traducción: «Cuando se es tan guapo, es normal hacer grandes cosas».

J. B. vuelve loco a todo el mundo. Las clientas de Clara, sus amigas, su hermana... Incluso sus padres, que no son dados a manifestar sus sentimientos, no pueden evitar expresar su admiración. «Siempre has tenido suerte, desde que eras pequeña» (su madre). «Si no os casáis por falta de dinero, podemos ayudaros» (su padre).

Es cierto que tiene muchas cualidades. Físicamente se parece a Flynn Rider en *Enredados,* la película de dibujos animados. Al igual que él, tiene unas mechas oscuras que le caen sobre los ojos y un cuerpo de futbolista americano, y es un gran aficionado a las bromas (como ponerse espuma de afeitar en una fiesta a modo de disfraz). A menudo le señalan que ni el tiempo ni las preocupaciones han dejado huella en su piel. Ejerce la profesión con la que sueñan todos los chavales, bombero, y hasta ofrece charlas sobre el tema en los colegios. Sobresale en una impresionante cantidad de deportes: fútbol, vóley, *motocross*; y es un tenista aceptable. Es afectuoso, atento, nunca se olvida de regalarle a Clara unas flores el 11 de agosto ni de organizarle una pequeña fiesta sorpresa por su cumpleaños.

En fin, eso es lo que perciben los demás. Lo que Clara percibía también al inicio de su relación. Hoy, casi tres años después de su primera cita, ve sobre todo a un hombre con ciertos signos de fragilidad. Un hombre que algunas mañanas se queda de pie ante la ventana del salón con su bol de Chocapic en la mano y una expresión de inmensa tristeza. Que bebe un poco más de la cuenta la víspera de sus días de asueto, que prácticamente no habla con su padre, que a veces lucha en sueños y profiere horribles insultos. Un hombre al que Clara ya no desea. Esa es la nubecilla que oscurece el cielo de su vida. Ese Flynn Rider que antes la electrizaba hasta el dedo pequeño del pie ahora le produce el mismo deseo que un plato de embutidos después de un pavo navideño. Contempla la comisura de sus labios que se levanta sola, el castaño claro de sus ojos, la suavidad de su cabello. «*Nada, niente, nichts*», como diría Madame Habib.

En eso piensa Clara en el bus, camino de la peluquería. Recuerda que, al principio de su relación, aprovechaban ese momento del día para intercambiarse mensajes. Se acababan de separar, habían pasado la noche juntos, habían gozado el uno del otro, pero el deseo persistía. Y se llamaban para no decirse nada, en realidad. Clara volvía la mirada hacia la ventanilla y escuchaba la voz todavía adormilada de J. B., que le contaba el último sueño de la noche o le hacía una lista de los lugares donde le gustaría besarla. Y, como con eso no bastaba, se enviaban mensajes o fotos de determinadas partes de su cuerpo. A Clara le gustaba la zona lisa debajo del cuello de J. B.; le encantaba poner la mano allí, donde la piel era suave y sedosa debido al vello que la recubría. Así que J. B. tomaba una foto de esa parte de su cuerpo cuando estaba a punto de entrar en la ducha y se la enviaba para darle ánimos, y funcionaba. Saber que tenía el esternón de su pareja en el móvil ayudaba a Clara a soportar mejor la jornada.

Hoy eso ya no tendría sentido. Recordarlo es para ella como oírse hablar en una lengua que ya no entiende. En el autobús, le envía un mensajito a su madre o chatea con su hermana, y el resto del tiempo lo pasa en Instagram, que abandona antes de haber acabado de ver todas las nuevas publicaciones. Todavía gira la cabeza hacia la ventanilla, pero es para pensar en la desaparición del deseo, en sus interacciones tóxicas con J. B., que desde hace tiempo se limitan a unos besos en la boca (algunos, todavía) o en la frente (cada vez más). Se dice que pronto será más bien como si fueran hermanos. Y mira, ya ha llegado a la Place de la Libération.

Clara no entiende por qué la mayoría de la gente encuentra fascinantes a los gatos. El suyo no es en absoluto fascinante. Es una bola enorme de pelo blanco que se esfuma en cuanto una mano hace ademán de acariciarlo, y, tras once meses de vida en común, todavía bufa a sus dueños si se los encuentra en el pasillo. El resto de los rasgos de su carácter, por lo que Clara puede deducir, son la glotonería (está demasiado gordo), la pereza y la tristeza. Su única buena cualidad, la fotogenia, resulta inútil porque, aparte de sus amos, no lo ve nadie más. En cuanto llega un invitado al apartamento, el gato corre a refugiarse en uno de sus escondites, y no reaparece hasta el día siguiente o dos días más tarde. «Tiene su carácter», dice J. B. para disculparlo, lo que siempre consigue exasperar a Clara. No es que tenga carácter; seguramente sufrió malos tratos o se cayó desde un tercer piso, o puede que ambas cosas, con lo que se ha vuelto a un tiempo desgraciado y de lo más antipático.

–¡Venga, esta vez sí que apruebas seguro! –le dice Madame Habib a Nolwenn, que tiene que examinarse para el carnet de conducir.

Apoya las manos sobre sus hombros y la obliga a ponerse recta; la anima a tener confianza, a sonreír. Parece una entrenadora con una boxeadora. Hay que decir que es el quinto intento de Nolwenn y, si vuelve a suspender, tendrá que volver a «examinarse» de todo (también de la parte teórica). La última vez le tocó una examinadora loca de remate que le explicó que las estelas que dejan los aviones en el cielo son mensajes con los que se comunican los miembros de una élite satánica mundial (o algo parecido). Y la vez anterior el examinador estaba bien de la cabeza, pero Nolwenn había olvidado el carnet de identidad.

Mañana deprimente en Cindy Coiffure. Cada hora que pasa parece una prueba de resistencia. Fuera hace un tiempo escocés: lluvia, viento y oscuridad. Dentro no es mucho mejor. Nolwenn ha suspendido el examen de conducir (ha chocado contra un contenedor de reciclaje al intentar aparcar en paralelo) y, por alguna razón, la iluminación interior de un mueblecito de cristal adquirido hace apenas un mes se ha estropeado. Madame Habib, sin embargo, adora esa vitrina que compró por catálogo; le parece que contribuye a elevar el nivel de la peluquería. El día en que la trajeron se comportó como una niña en la mañana de Reyes; aplaudió cuando el instalador encendió la luz de la vitrina y, durante una semana, les preguntaba a todos los clientes que entraban: «¿No ve nada diferente?». Esta mañana ni siquiera intenta dar el cambio. No se le ha oído decir nada, salvo a eso de las diez, cuando ha salido de la trastienda y ha cortado en seco la maldita canción de *J'ai encore rêvé d'elle* con un suspiro:

–Qué alivio dejar de escuchar esto.

HISTORIA DE RAYMONDE

Salgo de casa para ir a visitar a mi hermana. Son las seis y media. Llego a la estación de autobús y espero y espero, pero no hay autobús. Bueno, sí, pero no se puede subir porque no hay conductor. Como la estación está cerrada a esta hora, tengo que preguntarle a otro conductor para enterarme de lo que ha pasado. Dédé ha tenido un ataque cuando salía de su casa, y se ha cancelado el autobús nocturno. «Pobre Dédé –me digo–. Bueno, da igual, iré mañana». Y vuelvo a casa. Una vez en casa, telefoneo a mi hermana y me preparo algo de cenar. René ya me había dicho que pasaría la tarde en la bolera. Aprovecha para ir a la bolera cuando yo voy a visitar a Geneviève. De modo que como algo, quito el rabillo a las judías verdes y recojo la ropa tendida. Después tengo que tumbarme en la cama porque me duelen las piernas. Me estiro en la cama y, claro, me quedo dormida. Al cabo de un rato noto que la cama empieza a bambolearse como una barquichuela y oigo unos grititos. «Qué sueños más extraños tengo», me digo al despertarme. Pero el caso es que no estaba soñando. Enciendo la luz y, ¿qué veo? ¡Una mujer en mi cama! ¡Una mujer que lo está haciendo con mi René! Está a cuatro patas, y él, de rodillas, se la mete por detrás (perdona la vulgaridad, Jacqueline, pero lo cuento tal como pasó). No sé de dónde ha salido esa mujer; es una especie de china con mucho pintalabios. En cuanto me ve, se pone a gritar como una posesa, se baja de un salto de la cama y sale corriendo mientras se pone las bragas. Pero, como no es posible hacer las dos cosas a la vez, se cae de bruces al suelo. ¿Y sabes qué? René le pregunta si está bien. La otra no responde, se levanta y se va dando saltitos sobre una pierna mientras acaba de ponerse las bragas. «¿Qué significa esto?», le pregunto a René, que ha empezado a vestirse. ¿Sabes lo que me contesta? «¿Pero tú no estabas en casa de Geneviève?». ¡Eso es lo único que se le ocurre! No, te juro que... Se creían que no había nadie en casa. Como la habitación estaba a oscuras, no me habían visto. René empezó a soltarme un rollo, pero no quise saber nada y lo eché de casa. «¡Vete con tu china!». No podía ni mirarlo a la cara. Él no insistió. Dejé sus cosas en el descansillo, y él las iba cogiendo. No dijo apenas nada. Él también estaba en *shock*; no esperaba para nada encontrarme en la cama... Yo no pude volver a nuestro dormitorio; dormí en la habitación de Francine. La verdad es que no dormí demasiado. No podía dejar de pensar en lo que había pasado y me preguntaba dónde estaría René, porque además llovía. Pensé que iría a casa de su madre, pero no oí el coche ni la puerta del garaje. Y esta mañana, desde la ventana de la cocina, he visto que el cobertizo que tenemos al fondo del jardín tenía la puerta entreabierta. Había dormido allí.

Desde hace unos días, Lorraine se queja de sufrir unos vértigos tremendos que le dan la impresión de encontrarse en un ascensor en caída libre. «Nunca me había pasado nada tan horrible. Tengo ganas de morirme cada vez que me pasa». Madame Habib la escucha sin pestañear porque es un tema que le interesa, y también porque poco después de la hora de apertura de la peluquería, ella, que sufre de insomnio, es víctima de un poderoso ataque de sueño, hasta el punto de que hay momentos en que golpea con el pie el suelo para no dormirse mientras escucha a su amiga. Como Lorraine no dice nada más, y como no hay que dejar que se prolongue el silencio, Madame Habib dice lo primero que se le ocurre:

–A la gente no le gusta el color rosa, y yo lo encuentro injusto. El color rosa viejo es muy bonito. En un dormitorio, por ejemplo.

Vino varias veces seguidas a Cindy Coiffure. Era un hombrecito de pelo blanco con un gabán beis. Llegaba, le daba un beso a Madame Habib, saludaba a Nolwenn y a Clara con un gesto de la cabeza y se sentaba en una de las sillas que hay entrando a la derecha. Sumido en sus pensamientos, observaba todo lo que ocurría en el salón. En ocasiones cogía una revista, la hojeaba y la volvía a soltar poco después. Su nombre no constaba en el libro de citas; no venía para que lo peinaran... Entonces, ¿por qué venía? El nerviosismo que mostraba Madame Habib en su presencia no invitaba a preguntar. Al cabo de un rato, cuando ya todo el mundo se había olvidado de él, se marchaba discretamente.

Ocurrió tres o cuatro veces. Pero un día, al verlo llegar, Jacqueline salió a su encuentro.

–¡Bueno, Roger, ya está bien!

El hombre se marchó de inmediato y no regresó nunca más.

Es sábado y Patrick no está en la peluquería. Madame Gobineau, su primera clienta del día, lleva media hora esperándolo. Está aturdida, como si le hubieran anunciado la fecha exacta del fin del mundo. Y es evidente que los treinta minutos continuos de música en la emisora Nostalgie no han ayudado a tranquilizarla.

Cuando llega Madame Berrada, su segunda clienta, ha empezado a tronar, el cielo está tan oscuro como si fueran las seis de la tarde y Patrick no ha aparecido todavía. Madame Habib decide llamarlo; le salta el buzón de voz y deja un mensaje que nadie puede oír a causa del secador de pelo que está usando Nolwenn. Madame Habib cuelga, echa una mirada inquieta al pedazo violeta de cielo que se ve desde la peluquería y le dice a Madame Gobineau que ella misma la peinará. Pero Madame Gobineau prefiere irse (tiene que pasar por el carnicero del mercado, al que le ha encargado hígado de ternera, y le fastidia marcharse sin peinar, pero no quiere quejarse porque está convencida de que le ha pasado algo a su peluquero preferido).

Cuando Patrick por fin aparece, falta poco para las once de la mañana. Tenía a su hijo desde el día anterior, y su ex acaba de pasar a buscarlo. «O eso, o me lo traía a la peluquería».

A Clara le cuesta creerlo. De entrada, porque Patrick tiene al niño los domingos, nunca los viernes. Y además huele a tabaco y a Red Bull, y es evidente que lleva la misma ropa del día anterior. Está casi segura de que viene de Hangar, una discoteca en Chenôve de la cual habla a menudo, y donde seguramente ha pasado la noche.

Patrick se pone manos a la obra de inmediato, con ese añadido de energía que proporcionan las noches en blanco. Madame Habib observa cómo obra maravillas con el pelo de Madame Berrada, la cual, sin que parezca importarle el estado de su peluquero, le explica en detalle el menú de la boda inminente de su hija. Desde luego, Patrick tiene suerte. Su jefa se verá obligada a llamarle la atención, pero lo hará con un comentario tan sutil que será prácticamente un cumplido.

Más tarde, como es sábado y van con cierto retraso, Jacqueline se quita las pulseras, se arremanga la blusa color cámel y se dispone a colocarle los rulos a Madame Rousseau, lo que resulta excepcional. Y, como se ha tranquilizado después de temer que le hubiera pasado algo a su empleado, y como todo vuelve a estar en orden después de haber rozado la catástrofe, se pone a contar cosas. Clara la oye comentar que en otro tiempo solía ir a una discoteca de París donde te cruzabas «con muchas *vedettes*». Allí estuvo bailando con un tal Jacquez Cazot, quien elogió su belleza antes de susurrarle al oído: «París te pertenece...». Jacqueline, que se ha quedado inmóvil después de colocarle el último rulo a Madame Rousseau, se reanima de golpe. «Ah, mejor no abrir el baúl de los recuerdos».

Miércoles, 14 de agosto. No hay ningún nombre escrito en el libro de citas. Mañana, la peluquería se cierra durante dos semanas. Clara ha jugado al *Candy Crush*, se ha cansado del juego y está contestando un test que ha encontrado en un viejo número de *Elle*: «¿Sabes sacarle el máximo partido a tu potencial de seducción?». Es una ocupación inútil, porque, además de que no le importa nada la respuesta a esa pregunta que nunca se ha planteado, la página de resultados no está; probablemente la ha arrancado una clienta que prefería leerlos en su casa.

Dos golondrinas estridentes pasan por delante de la peluquería. Nolwenn y Patrick están de vacaciones. Madame Habib ha salido a comprar cigarrillos. Lo único ligeramente constructivo que ha hecho Clara este verano es encontrar el mejor lugar para colocar una postal de Patrick que le llegó ayer. La postal del Festival des Vieilles Charrues,[1] escrita en parte en bretón, ha encon-

1. Festival de los Viejos Arados, un festival musical que se celebra cada año en Francia. *(Todas la notas son de la traductora).*

trado su lugar sobre el mostrador, apoyada en la pared, bajo la foto de Jacques Chirac. Claro que no se quedará aquí para siempre; unas semanas como mucho, después de lo cual pasará al cajón del mostrador, entre las moneditas, los rollos de papel y las tarjetas de visita de los comerciales que han pasado por la peluquería, para más tarde desaparecer discretamente.

Madame Habib regresa tarareando *Le Sud*, que ha sonado hace poco en la emisora Nostalgie. El sudor ha dibujado unos círculos oscuros bajo su blusa beis. Guarda los cigarrillos en su estuche plateado y pasa a la trastienda, donde Clara la oye cepillarse los dientes. Luego llega un silencio que pronto interrumpen unos suaves ronquidos, cada vez más seguidos. Al rato, los ronquidos se detienen. Poco después, Jacqueline reaparece y se acerca a Clara, que está sentada detrás de la caja registradora para recibir de lleno el chorro de aire acondicionado. Su jefa la observa unos segundos mientras ella pasa fotos en su móvil y le dice:

–Márchate si quieres. Creo que podemos dar por terminada la jornada.

Las comidas en casa de sus padres la sumen en un estado de confusión cada vez mayor. Es una mezcla de angustia y de dulzura, una angustia desleída, algo muy extraño. El momento desempeña un papel importante. Es domingo, domingo al mediodía. El tiempo parece estirarse como si ese día la Tierra girara a propósito más despacio entre las once y media y las cuatro de la tarde. Y la luz blanca tras los visillos de las ventanas del salón, los alzapaños de borlas que recogen las cortinas, el pollo con judías verdes que ha preparado su madre, el olor que desde la cocina inunda las demás habitaciones y que se mezcla con el de la ropa limpia o el encerado... Todo esto la conmueve –la tranquiliza y entristece a la vez–, como si en cada ocasión descubriera que es algo que conoce desde siempre, porque es aquí donde se ha criado.

Lo que le resulta más duro es el paseo que dan después de la comida, por una carretera llana junto a los campos cercanos al pueblo. La luz siempre es demasiado intensa allí. Clara se adelanta a sus padres, que caminan despacio porque charlan con J. B. En algunos momentos, incluso se detienen. Esas pausas la molestan tanto como las demostraciones de afecto a ese hombre que a sus padres les encantaría que formara parte de la familia para siempre. El aire de felicidad de su madre, las preguntas tontas de su padre («¿De verdad hay bomberos que fuman?»), y J. B. como un príncipe entre los dos. Siempre le ha dicho lo mismo a Clara: «Eres afortunada de tener estos padres; los míos no son así ni mucho menos».

Tras mucho reflexionar, Clara ha logrado entenderlo. O por lo menos ha encontrado algo parecido a una explicación. Ocurrió un domingo por la tarde, en el camino de vuelta a casa, cuando en un extremo del cielo se abrieron las nubes y el campo de Saône-et-Loire se inundó de una luz dorada. Lo que le provocaba malestar eran las preguntas: «¿Es así como acaba todo? ¿Esto es todo lo feliz que se puede ser?».

En la peluquería, reciben la visita de Audrey, antigua empleada, que ha ido a presentar a su bebé, nacido la semana anterior. Se llama Malo y ha nacido con 3,2 kilos. «Un pequeño Leo, como su padre». Y añade: «Apenas me enteré del parto, no como con el de Elliot». Porque es el segundo bebé que tiene desde que dejó Cindy Coiffure. Clara, encantada, acaricia con el índice la tripa del bebé. Nolwenn, que llegó a la peluquería después de la marcha de Audrey, no se muestra tan expresiva. En cuanto a Madame Habib, si bien sigue sintiendo simpatía por su exempleada, nunca se ha llevado bien con los niños, en especial con los recién nacidos. Apenas Audrey ha traspasado la puerta con su cochecito, se oye a Jacqueline murmurar:

–La verdad es que a esta edad no son más que tubos. Todo lo que entra por un lado, sale por el otro.

–¡Me haces daño!

Al retirarle un bigudí a Madame Quintin, Nolwenn le ha arrancado un mechón de cabello. No se entiende que le haya ocurrido, sobre todo porque es casi lo único que hace: permanentes y moldeados.

Madame Habib no le ahorra el reproche.

–Si no quieres hacer las cosas bien, ve a Mariella Brunella; ¡te recibirán con los brazos abiertos!

Mariella Brunella es una peluquería en el centro comercial de Carrefour. A Madame Habib le parece una peluquería horrible, la peor de todas, aunque suele estar llena, hace más negocio que Cindy Coiffure, atrae a una clientela más joven y diversa, etc.

Nolwenn le presenta sus disculpas a Madame Quintin, pero, como su expresión es siempre indescifrable, no da en absoluto la impresión de ser sincera.

El técnico que ha venido a reparar la vitrina bien vale las diez semanas de espera. Es guapísimo. Casi perfecto. A Clara le recuerda a Henry Cavill. A Madame Habib, a Nino Castelnuovo. Además del encanto de su piel morena y su espalda de nadador, se mueve con una soltura asombrosa, como si tuviera los miembros elásticos. Es como para preguntarse qué hace reparando vitrinas en Saône-et-Loire en lugar de desfilar por las pasarelas de París o de Milán. Es preciso ver la escena en Cindy Coiffure, al final de la mañana, con las cinco mujeres presentes en el salón inmóviles como estatuas mientras observan cómo se agacha, se arrodilla, se estira sobre el suelo embaldosado y se contorsiona para pasar la mano bajo el mueble, cuya reparación es bastante rápida.

–El problema era el enchufe –explica–. Lo he cambiado por uno nuevo.

La jugada será colocar otra vez el viejo para que tenga que volver.

La primera vez que lo vio, Clara no pudo evitar esbozar una sonrisa. Menuda boba. Pensó que el hombre estaba haciendo una pantomima, un vídeo para una despedida de soltero o algo así. Pero Madame Habib sí que lo entendió. La puerta todavía no se había cerrado del todo y ya estaba invitándolo a quitarse el abrigo con el aire atareado de las personas acostumbradas a enfrentarse a situaciones delicadas.

–Tengo cita para las once –dijo él mientras se deshacía del abrigo–. Con el nombre de Claudie.

Jacqueline negó con la cabeza para indicarle que no era necesario dar detalles; luego cogió su abrigo y le indicó que se sentara en una de las sillas junto a la entrada.

–Clara se ocupará de usted en cuanto acabe con Madame Weil.

Claudie tomó asiento mientras en la emisora Nostalgie sonaba *True Colors* de Cindy Lauper, una ironía radiofónica que ninguna de las tres mujeres presentes estaba lo bastante relajada para advertir. Jacqueline siguió limpiando el expositor debajo del mostrador como si no ocurriera nada extraño. Clara fruncía el ceño mientras deshacía los bigudíes de Madame Weil y se reprochaba la sonrisa boba de antes. En cuando a Madame Weil, miraba al frente con una expresión atónita en sus ojos perrunos. Casi se la oía pensar: «¿Alguien me explicará algún día qué está pasando en el mundo?».

But I see your true colors
Shining through
I see your true colors
And that's why I love you.

Claude Hansen, conductor del autobús escolar de Romain-Rolland, se había convertido en mujer. O, mejor dicho, Claudie Hansen se había convertido en ella misma después de haberse extraviado a sí misma durante más de cincuenta años en la piel de Claude. Tras la marcha de Madame Weil, se lo explicó a Madame Habib, a Clara y a Nolwenn, la cual acababa de regresar de su clase de conducir y contemplaba a Claudie como si la estatua del soldado de la Place de la Libération acabara de cobrar vida.

Claudie les contó la fase final de su salida del armario, que había querido que fuera lenta y progresiva, pensando que así se evitaría sufrimientos inútiles. Primero se había dejado crecer el pelo (parecía un mosquetero) antes de llevar zapatos de tacón (lo más duro, porque ya no dejaba lugar a dudas) y a continuación vestidos de mujer. Las joyas y el maquillaje no eran de su agrado. En un pueblo como en el que vivía, era difícil que su transformación pasara inadvertida. Hubo cotilleos, protestas y bromas pesadas, pero también estuvo la crecida del río Dheune en invierno; el termómetro, que no baja de los veinte grados las noches de verano; los problemas de salud; y, al cabo de un tiempo, esa mujer inmensa que los vecinos veían en el mercado les resultaba ya tan familiar como el frontispicio un tanto sombrío de la iglesia o las luces navideñas que seguían adornando la calle principal. Lo raro habría sido no verla.

Cuando Nolwenn, que siempre es más atrevida de lo que parece, le comentó que su profesión no debía de resultarle cómoda «con todos esos chavales», Claudie le explicó que no, que los adolescentes en general la respetaban, que solían ser de espíritu abierto, que los que peor reaccionaban eran (y aquí se puso a contarlos con sus dedos de nudillos gruesos) los vagabundos borrachos, los hombres jóvenes cuando iban en grupo y las mujeres pobres que normalmente empujaban un carrito. En una ocasión, una de ellas la había insultado en un supermercado Auchan, y Claudie había tenido que buscar refugio en la pescadería, desde donde continuó oyendo sus insultos.

–Bueno, la verdad es que donde estoy más tranquila es en el campo. –Se contempló en el espejo y apartó con el dedo anular los mechones que le caían sobre la frente–. Y aquí –añadió–. La verdad es que con vosotras me siento bien. Me siento yo misma.

El gris plateado está muy bien, muy elegante, pero Madame Lévy-Leroyer quiere probar otra cosa. Pasa revista con Clara a los distintos colores que le sentarían bien a su rostro seco y huesudo, aunque sublimado por una mirada color esmeralda. Al fin lo encuentra.

–¡Ah, ya lo tengo! Un rubio como el de Bernadette Chirac.

Madame Habib, ocupada en pasar los nombres a una nueva libreta de teléfonos, le dirige una mirada inquieta por encima de las gafas. Acaba de oír el nombre de su principal rival.

Lorraine le ha hablado de sus vértigos al doctor Maître, quien le ha propuesto que se haga una resonancia magnética. Lorraine ha pedido hora, y tiene cita dentro de doce días en el hospital de Le Creusot. El doctor Maître no se ha arriesgado a emitir un diagnóstico, pero Lorraine está convencida de que tiene un tumor cerebral. «He sido tan desgraciada que ha acabado por afectarme a la cabeza». Esta mañana no ha dicho ni palabra. Ha llegado con dos bolsitas de galletas *speculoos,* además de los cafés de siempre, se ha sentado en su taburete y prácticamente no ha abierto la boca. Ha paseado por la peluquería una mirada melancólica y ha observado a Nolwenn y a Clara con aire de decir: «La verdad es que lo hemos pasado bien, amigas mías; os voy a echar de menos».

Después de que Lorraine se marchara, Nolwenn ha aprovechado que su primera clienta estaba pagando para hacerse con las dos bolsitas de galletas que se habían quedado sobre el mostrador. Se ha metido una en el bolsillo y ha abierto la otra para ir comiéndose las galletitas sobre la marcha.

Llega un miércoles sin cita previa, a media tarde. Es otoño y el día ya empieza a declinar. Nolwenn está en un seminario de gestión, y Madame Habib ha salido a comprar paracetamol. Ha sido un día tranquilo.

Clara comprende enseguida que el hombre no es de la zona. Por su forma de estar y de preguntar: «¿Hay algún problema si no he pedido hora?». Sus gestos son amplios y nerviosos. Se hunde rápidamente en la silla y se queda inmóvil. Tal vez sea un artista, un actor... Sí, un actor; hay muchos que no son tan conocidos. Clara no se atreve a apoyar las manos sobre los hombros del cliente.

–¿Qué quiere que le hagamos?

–Ah, pues algo limpio, sencillo. Corto. En fin, sobre todo que sea limpio. Confío en usted.

–¿Y cómo se peina normalmente?

El hombre se pasa una mano por la cabeza, de derecha a izquierda.

–Así.

–Y la nuca, ¿la despejamos?

–Sí.

–¿Recta o más bien degradada?

–Recta está bien.

Tiene el pelo muy fino. Clara le pasa los dedos por el cabello; parece de seda. El mínimo corte con la tijera se notará, de modo que tendrá que tener cuidado, tomarse su tiempo.

–Tengo un chichón de nacimiento; no se sorprenda.

–No es ningún problema.

Champú. El hombre cierra los ojos. Clara aprovecha para mirar su rostro al revés y piensa que estará memorizando un guion. ¿Por qué tiene necesidad de imaginar que es un actor? Se pregunta si serían felices los dos juntos. Tal vez, si ella fuera también actriz. O artista. Bueno, en todo caso, no una peluquera. Y, si estuvieran juntos, ¿le seguiría atrayendo después de tres años de vida común?

Durante el corte de pelo no se hablan. En una peluquería se suele rehuir el silencio, se intenta que no se prolongue mucho. Pero en esta ocasión es diferente. Es un silencio de concentración, un silencio de placer, no de vacío ni de ausencia. La emisora Nostalgie emite *Tout doucement*, de Bibie. Clara encuentra magnífica la canción, y se promete que la volverá a escuchar en el autobús. Le pasa a menudo. Se emociona con canciones que había olvidado y se propone escucharlas más tarde en YouTube, cuando esté tranquila. Pero, claro, al salir de la peluquería hay muchas cosas que hacer –comprar leche, llamar a su madre– y al final nunca lo hace.

Tout simplement
Fermé pour cause de sentiments différents
Reviendrai p't-être dans un jour, un mois, un an
Dans son coeur, dans sa tête[2]

El hombre abre los ojos y sonríe a Clara. Ella hace lo propio antes de bajar la cabeza. Seguro que a él lo seguiría deseando incluso tres años después de vivir juntos.

Entonces llega Madame Habib y *Tout doucement* da paso a una publicidad de Leclerc.

Jacqueline se limpia los pies en el felpudo de entrada.

–La cruz de la farmacia se ha soltado, ahora pende solamente de un hilo. Es impresionante.

Se da cuenta de que no conoce a la persona que Clara está peinando, que, por cierto, es un hombre. De inmediato, se produce en ella un cambio: pasa al modo «hombre en la peluquería». Cuelga su abrigo en el armario y, cuando regresa, muy erguida, acaricia los res-

2. Simplemente se ha cerrado / porque tenemos sentimientos diferentes. / Es posible que vuelvan dentro de un día, un mes, un año / a su corazón, a su mente. (*N. del T.*)

paldos de las sillas como si fuera presa de una sensualidad irreprimible. No da mucho resultado.

Una vez que Clara ha acabado de peinarlo, el hombre se levanta y ella se convierte de nuevo en una desconocida. Justo entonces entra Madame Chicheportiche con su nieto, Ferdinand. Es miércoles, lo ha ido a buscar a la salida de su clase de trombón y lo lleva «al peluquero». Clara los ayuda a quitarse los abrigos y los cuelga en el armario. Cuando vuelve, el hombre ya se ha marchado. No ha dejado propina. Clara se siente un poco decepcionada. No por la propina, sino porque ya no lo verá más. Sienta a Ferdinand y, mientras, acciona el pedal con el pie para elevar el asiento, descubre un objeto sobre la repisa. Un libro que el hombre se ha dejado olvidado. Un libro de bolsillo. Clara podría salir en su busca, pero no es su estilo. Desde luego, eso le daría a él una razón para volver. Clara sabe que, si Madame Habib se diera cuenta de lo ocurrido, estaría encantada de salir corriendo para devolverle el libro. De modo que se acerca a la repisa, abre el cajón y guarda allí el libro con un gesto tan natural como si se tratara de un peine o de unas tijeras. Jacqueline no la ha visto; está escuchando a la abuela Chicheportiche, quien le describe una casita que acaba de heredar.

–Con una glicinia que cae sobre la puerta de entrada, como yo siempre había querido.

Clara se siente mejor. Con el libro guardado en el cajón, es casi como si el hombre siguiera en la peluquería. Le pasa la mano por la cabeza a Ferdinand y luego la apoya sobre su hombro. Ferdinand está cambiando, tiene cada vez más presencia, más seguridad. Bueno, en apariencia. Cuando responde a las preguntas de Clara, se le encienden las mejillas igual que siempre.

Clara no encuentra el libro que había olvidado hasta más tarde, al abrir el cajón para coger un coletero. Piensa de nuevo en ese hombre, en su misterio, en su nerviosismo encantador. No ha vuelto a la peluquería. ¿Y si hubiera abandonado el libro a propósito? Mira el título y la cubierta, donde aparece una mujer con un bonito vestido de muselina y un niño de mejillas sonrosadas. Es el detalle de un cuadro antiguo. Abre el libro, lo hojea y detecta una esquina doblada en una página, hacia el final del primer tercio. Hay una frase subrayada con un bolígrafo azul: «Tiene usted un alma hermosa, de calidad excepcional, y una naturaleza de artista; no permita que se vea privada de lo que necesita».

Clara meterá el libro en su bolso, donde permanecerá hasta el lunes siguiente, cuando, al poner orden en su capazo y antes de que la distraiga una visita de la vecina, lo dejará sobre la mesa del salón de su casa. Al día siguiente, el libro llamará la atención de J. B., que lo cogerá al entrar en el salón con su bol de Chocapic, leerá el título y el nombre del autor, verá el detalle del cuadro en la cubierta, no le parecerá nada especial y lo dejará un poco más allá, en un extremo de la mesita. Unos días más tarde, el gato lo tirará al aterrizar con torpeza de un salto desde el sofá, y el ruido le causará tal susto que saldrá corriendo del salón como si se hubiera topado con un francotirador. Esa misma tarde, Clara lo recogerá del suelo y lo colocará en la biblioteca del pasillo, en la misma estantería que *La llamada del ángel* y *La mujer de papel*, de Guillaume Musso; *Ma médecine naturelle*, del Dr. Fabrice Visson; *Bajo el hielo*, de Bernard Minier; *Soy Zlatan Ibrahimović*, de Zlatan Ibrahimović; *El secreto*, de Rhonda Byrne (regalo de Anaïs, amiga de la infancia de Clara); *Los mejores treinta ca-*

minos para hacer senderismo en Borgoña (regalo de su padre); *Tres besos,* de Katherine Pancol; *Bélier, votre horoscope jour par jour,* edición de 2011, 2013, 2015, 2016 y 2018; y una decena de mangas firmados por Akira Toriyama, un autor que a J. B. le encanta. El libro permanecerá allí exactamente cinco meses, veintinueve días, dos horas y cuarenta y siete minutos.

Es un domingo de marzo a media tarde. Clara se despierta de una siesta. Ha dejado de nevar, pero la nieve proyecta su blancura en el techo del apartamento, y el efecto es muy bonito. Instalado en el puf que hay delante del sofá, el gato la observa con cara de decir «¿Quién es usted y qué hace en mi casa?» antes de soltar un bostezo como para desencajarse la mandíbula. J. B. está ayudando a un amigo a hacer la mudanza desde primera hora, y la comida dominical en casa de los padres de Clara se ha anulado.

Clara aprovecha la tranquilidad del apartamento para sumergirse en la bañera, y luego telefonea a su madre. Después saca del congelador una empanada de pollo y champiñones para la cena, y se prepara un té. Cuando el agua empieza a hervir, recibe un mensaje de J. B. («Regresamos a Sevrey. No habremos acabado a la hora de cenar»), y le responde con dos emojis (un bíceps contraído y un beso). Abre Instagram, lo cierra al instante, coloca el móvil sobre una superficie plana y mira por la ventana. Tiene ganas de hacer el amor. La nieve, el frío y el silencio amortiguado deben tener algo que ver. Le gustaría hacer el amor con Jacob Elordi. Lo ha descubierto esta semana en una serie que ha visto con J. B. Cada vez que el actor aparecía en pantalla, Clara se preguntaba si era capaz de disimular el deseo que le despertaba. Siempre le han gustado los hombres altos y delgados, muy delgados. Como el cliente de la peluquería de hace unas semanas. No ha olvidado sus manos largas, sus dedos delgados; se los imagina alrededor de su cintura. Recuerda su boca; se la imagina entreabierta a pocos centímetros de la suya, dejando escapar un aliento tibio, y no sabe por qué esa imagen la impacta tanto... El hombre dejó olvidado un libro en la peluquería. Un libro de bolsillo. ¿De qué iba?

II
MARCEL

De entrada, nada. «Nada, *niente, nichts*». Una primera frase tan conocida como un eslogan publicitario o el estribillo de una canción infantil, y todo se oscurece. Las palabras le parecen hormigas en fila india. Hablan de Francisco I, de Carlos V y de la metempsícosis. Francisco I era un rey de Francia. Carlos V ya no está tan claro. En cuanto a la palabra «metempsícosis», seguro que no la ha oído en la peluquería ni en boca de J. B. ¿De qué va este libro?

Bebe un trago de té, se cubre las piernas con la manta y sigue leyendo. De pronto, una frase la interpela como si le hubieran hecho un gesto de saludo con la mano. «Apoyaba con delicadeza las mejillas en las bonitas mejillas de la almohada, tan llenas y tan frescas como las propias mejillas de nuestra niñez». La imagen la emociona, y todavía más lo que sigue. Pero se trata de una falsa alegría. Un hombre se despierta en su cama. Como se encuentra mal, se alegra al ver luz por debajo de la puerta. Ha llegado la mañana y podrá pedir ayuda. Pero no. De hecho, el rayo de luz proviene de una lámpara de gas que acaban de encender en el pasillo. Todavía es de noche, no ha dormido más que unos minutos y le quedan largas horas de sufrimiento...

Continúa leyendo, quiere saber, está intrigada, siempre ha sido curiosa. Otra frase la obliga a parar. «Un hombre dormido queda envuelto en un hilo compuesto por las horas, el paso de los años y el orden de los mundos». Impenetrable. Clara frunce el ceño, pero continúa leyendo, esta vez sin impresionarse. Las palabras vuelven a convertirse en una fila de hormigas. Proust habla de la posición de su cuerpo en la cama, de su brazo anquilosado, de los muebles a su alrededor. Escribir tantas palabras para decir tan solo que no consigue conciliar el sueño: este tipo tiene un problema; ha de ver a un especialista.

Clara cierra el libro y lo tira sobre el sofá. Ya está bien, muchas gracias. No cabe duda de que hay gente a la que le gusta este tipo de lectura, pero a ella le gusta más Jacob Elordi. Vuelve la cabeza para mirar por la ventana y piensa en los ojos del actor, en su expresión de *cocker* triste, y de súbito, curiosamente, como si sus conexiones neuronales hubieran necesitado un tiempo para entender, le viene a la cabeza la última oración que ha leído. Abre de nuevo el libro y encuentra la página con la frase en cuestión. «En la oscuridad, todo giraba a mi alrededor: las cosas, los países, los años». De golpe, todo cobra sentido. Es la historia de un hombre en la cama que va y viene entre el sueño y la vigilia, los sueños y la realidad, el pasado y el presente. Clara reconoce esos estados de confusión. A ella también le ha ocurrido que, en el momento de sumirse en el sueño o en los segundos que seguían a su despertar, no estaba segura de si se encontraba en este mismo apartamento, en la casa donde creció o en la de su abuela en Besançon.

Se incorpora, se concentra... Indica que se acaban las idas y venidas. Proust. Bueno, el personaje de su libro. Lo escribe al final de un capítulo: va a recordar su vida de otros tiempos. Volver totalmente al pasado y, como Alicia cuando cae en el pozo que la lleva al país de las maravillas, se va para no volver. *En busca del tiempo perdido.* ¿Por qué no emprender ese viaje? El pasado siempre la ha atraído. Los velos, los vestidos largos, los carruajes desfilando por las calles adoquinadas. En casa de su aya, en el salón, encima del sofá, había una reproducción de un cuadro que debía datar de la época del libro. Se veía a una mujer de pie contra el viento. Llevaba una larga falda blanca y una sombrilla verde en la mano para protegerse del sol. Clara la había mirado tantas veces que casi la veía moverse, y en ocasiones le parecía que volvía la cabeza y la observaba en silencio, con los ojos entornados, porque la distancia hacía que la viera borrosa. Hacía años que no pensaba en ese cuadro. Curiosamente, la lectura del libro ha despertado su recuerdo, como si hubiera estado oculto tras un biombo que Proust hubiera apartado un poco con infinita delicadeza.

Ha leído apenas doce páginas, más o menos, y ya sabe cómo irá la historia entre ellos. A ella le tocará esforzarse y continuar avanzando, en ocasiones en medio de la bruma y hasta de la oscuridad, sin desanimarse por sus frases alambicadas y sus imperfectos de subjuntivo; tendrá que armarse de paciencia y, si es preciso, de un diccionario. Él, por su parte, la deslumbrará de tanto en tanto, cuando Clara menos se lo espere.

Cuanto más lo lee, mejor lo comprende. Proust no emplea palabras complicadas, pero a menudo sus frases «se escapan por otro lado». Ahora que Clara lo sabe, ahora que entiende que Proust no la abandona, sino que volverá a buscarla, todo fluye por sí solo. En la vida normal, no es habitual sentir las cosas de esta manera. Es preciso elevarse a ese grado de sutileza que necesita un esfuerzo por parte del lector. Que requiere toda su atención. Lo que hace que sea imposible leer *Por el camino de Swann* con Rage Against The Machine sonando de fondo. Bueno, es un ejemplo.

Además, por qué no decirlo, siente cierto orgullo. Está leyendo *En busca del tiempo perdido.* Es capaz de hacerlo. No es cualquier cosa. Anaïs no podría leerlo. Y Nolwenn mucho menos. Además, que el libro haya llegado así a sus manos, por azar y solo por curiosidad, contribuye al sentimiento de triunfo que crece en su interior.

–¿No cenamos?

J. B. está de pie delante de Clara. El gato la observa con una expresión interrogativa similar; también debe de tener hambre.

–Son las nueve y cuarto. ¿No estás muerta de hambre?

–Sí, sí...

Clara se estira.

–He descongelado una empanada. Solo hay que calentarla.

–Ya lo hago yo, si quieres.

–No, haré una ensalada para acompañar.

Clara se pone de pie.

–De todas formas, ya es hora de que deje el libro un rato.

En la cocina, prepara la empanada y la ensalada, y se sienta frente a J. B., quien durante la cena le explica la mudanza de Florian.

–... el coche estaba casi rozando la pared, no te exagero. No podía meter una mano entre las dos...

Clara ve a J. B. pronunciar las palabras mientras mastica, lo ve recoger las migas con el índice, ve los dos arañazos en su antebrazo, pero tiene la cabeza en otra parte, muy lejos, en un pueblo llamado Combray a finales del siglo XIX. En una habitación infantil, en el último piso de una casa tradicional con entramado de madera, tiene lugar un drama enternecedor. Marcel, que tiene dificultad para conciliar el sueño, solo espera una cosa desde el momento en que se acuesta: que su madre venga a darle un beso. Esa noche, la visita inesperada de Swann, un amigo de la familia, retrasa todavía más el momento del beso materno. Como no imaginaba una espera tan larga, Marcel tiene la idea de escribirle a su madre un mensaje diciéndole que debe verla con urgencia, y se lo entrega a Françoise, la criada. Cuando se marcha con el mensaje en la mano, Marcel espera impaciente la llegada de su madre.

–¿No te lo acabas?

J. B. señala el trozo de tarta que Clara ha dejado en el plato.

–Ehhh, no.

Por la noche nunca tiene mucha hambre. Le pasa el plato. J. B. engulle el trozo de tarta como si llevara tres días sin comer.

–¿Ha ido bien el día?

–Todo bien.

–¿Qué has hecho?

Hoy ha empezado a leer un libro escrito hace más de cien años por un hombre que no se levantaba de la cama. Un libro con frases interminables y que a Clara le parece, por una alguna razón que todavía se le escapa, que la hará más fuerte.

Cuando acaba de leer es casi la una de la madrugada. J. B. duerme junto a ella. Sus cuerpos no se tocan, pero Clara nota el calor de su piel.

La reacción de mamá Proust al mensaje de su hijo ha sido terrible. La peor de todas. «No hay respuesta», le ha hecho saber a Françoise. Marcel está desesperado, pero más tarde las cosas cambiaron a su favor. Tras la partida de Swann, al oír que su madre subía las escaleras, el niño ha ido a su encuentro. Su padre también subía y el pequeño grupo se ha encontrado en el pasillo. Al ver a su hijo en un estado de nervios y malestar que no esperaba, papá Proust le ha propuesto a su mujer que pasara la noche con el niño.

«Esto no entra en el remolque», murmura J. B. en sueños, antes de dar media vuelta y quedarse boca arriba.

Clara contempla su boca entreabierta y la expresión de su rostro. A continuación, se gira hacia el lado contrario y apaga la luz, aunque mantiene los ojos abiertos.

A Marcel debería haberle alegrado la idea de que su madre durmiera en la habitación con él, pero no.

Lo que sentía era el dolor de su madre, el dolor que le había causado ver llorar a su hijo, el bochorno de haber cedido por lástima. Esta confesión de debilidad maternal anulaba de entrada el placer que hubiera podido otorgarle su presencia, cualquier sentimiento de victoria personal.

Clara junta las manos bajo el mentón, cierra los ojos y se encuentra al instante en la habitación de Combray. Por la ventana ve como los padres de Proust acompañan a Swann, los oye hablar de langosta y de helado de café con pistacho. Cuando ya están fuera de su vista, se adentra en el pasillo, donde no tarda en hacer acto de presencia la madre de Marcel, con una vela en la mano.

Clara ha pasado de largo su parada del bus. Es la primera vez que le ocurre. Ha bajado en De-Lattre-de-Tassigny, en lugar de en Libération. Como faltaban trece minutos para que llegara el bus en el sentido inverso, ha hecho el trayecto a pie y ha llegado tarde a la peluquería.

Ha soñado toda la noche con una campanilla que pendía de la cancela de un jardín, con el crujido de un vestido de muselina en la escalera, con campanas que sonaban en el silencio de la noche. Se paseaba por un pueblo a la caída de la tarde, con un mensaje en la mano que se desvanecía cuando intentaba ver lo que ponía... En el bus ha retomado la lectura del libro, sin pensar que iba a leer un capítulo tan apasionante que no ha oído la voz grabada que anunciaba la parada, la primera vez en un tono más interrogativo que la segunda: «Libération... Libération».

Marcel, ya convertido en adulto, bebe un sorbo de tila en la que acaba de mojar una magdalena y le invade algo extraordinario; algo revive. «Todas las flores de nuestro jardín y las del parque de monsieur Swann; y las ninfeas del Vivonne, y la buena gente del pueblo; las casitas, la iglesia, Combray y sus alrededores; todo ello toma forma, se vuelve sólido y brota, con la ciudad y los jardines, de mi taza». Es un párrafo tan poderoso que Clara lo ha releído para sentir de nuevo su sabor, al igual que Marcel ha tomado otro sorbo de infusión para recuperar la sensación del recuerdo.

Es así, exactamente. La pequeña magdalena de Clara tuvo lugar unos años atrás, en el instituto, durante una clase de Ciencias Naturales. Habían vuelto los días bonitos, las ventanas estaban abiertas y se oía el cortacésped en el jardín. El ruido del motor del cortacésped mezclado con el olor de la hierba recién cortada sumió a Clara en un estado de extraordinario bienestar, como si una mano le acariciara la cabeza. Pero había más. Si el ronroneo del motor y el aroma de la hierba le producían tal efecto era porque la transportaban a un momento placentero de su pasado. En este caso era en casa de su aya, que acostumbraba a dar de merendar a los niños que cuidaba. Una rebanada de pan con mantequilla y una barrita de chocolate con leche. Y fue en una de esas meriendas, porque en otras ocasiones se encontraba sentada en la cocina de Madame Le Hennec, cuando Clara oyó por primera vez el sonido del cortacésped en el jardín y olió la hierba recién cortada.

Esas impresiones de su niñez fueron las que revivió durante la clase de Ciencias Naturales. El momento de la merienda, como una pausa en una tarde de juego y movimiento; el gusto del chocolate con leche que tan bien casaba con el de la rebanada de pan, como si los hubieran inventado para comerlos juntos. En el autobús revivió las sensaciones de la clase de Ciencias Naturales. Los primeros días calurosos del año; la sensualidad difusa, excesiva, casi dolorosa que los acompañaba; así como el placer de una asignatura fácil gracias a una profesora simpática; los nombres de otros alumnos, Estelle Joffre, Nathan Girardin... Esta tercera experiencia de felicidad fue tan intensa que Clara estuvo a punto de interpelar a los pasajeros sentados con ella en el bus: «Qué locura esta historia de la magdalena que hace revivir el pasado. ¿A ustedes también les ha ocurrido?». Y es entonces cuando oye la voz grabada. «De-Lattre-de-Tassigny... De-Lattre-de-Tassigny».

–¿Su madre le había metido una pastilla en la infusión? –pregunta Madame Lopez, mirándola fijamente en el reflejo del espejo.

–No, no hizo falta ninguna pastilla. Es el gusto de la infusión que bebe en casa de su madre lo que le recuerda a la que bebía en casa de su tía cuando era niño.

Madame Habib les lanza una mirada por encima de las gafas, preguntándose de qué estarán hablando. Madame Lopez ha renunciado a entender lo que le está explicando Clara y fija la mirada en su propia imagen en el espejo, con aire de pensar: «Me importa un pimiento si el tipo se bebió la infusión en casa de su tía, de su madre o de la misma reina de Inglaterra. Lo único que quiero es que mi corte de pelo quede bien».

Clara insiste:

–Como quiere quedarse en el recuerdo, bebe un sorbo más de infusión, pero el recuerdo no llega con la misma intensidad. Un poco como los sueños cuando nos despertamos. Cuanto más nos esforzamos en recordarlos, más se nos escapan, ¿sabe lo que le digo?

Madame Lopez gira la cabeza a un lado, observa su perfil en el espejo y se limita a responder:

–Eh, no, no, tampoco demasiado corto.

Magnífico es el chopo, que dirige «súplicas y saludos desesperados a la tormenta». Magníficos son los últimos truenos que «tabletean entre las lilas». Magnífico Marcel, que besa el viento porque es el aire que su amada ha respirado a pocos kilómetros de distancia. Y la luz anaranjada que emana de las dos últimas sílabas del nombre Guermantes: «antes»; «la luna blanca y sin brillo en el cielo del mediodía, como una actriz a la que no le ha llegado todavía la hora de salir a actuar»; la lectura, «mágica como un sueño profundo». Cada vez que subraya una frase, Clara dibuja un corazoncito justo al lado, en el margen.

J. B. ha pasado tres cuartos de hora mirando fotos en su ordenador antes de colocarlo sobre la mesita de noche y acurrucarse contra Clara. Está segura de que le quiere decir algo, y eso la molesta, porque está leyendo unas páginas especialmente absorbentes sobre los amores tumultuosos de Swann y de Odette, sobre los celos de uno y las mentiras de la otra. Este libro reclama tanto compromiso y crea una relación tan estrecha con su lector que este puede llegar a tener la impresión de que su entorno se ha confabulado para estropearle el placer de la lectura. Es lo que le ocurre a ella, en todo caso, que cada vez tiene más deseos de pasar unos días sola en el campo, para no hacer nada más que leer a Proust.

J. B. apoya la cabeza en el hombro de Clara, la observa un momento y le dice:

–Te encanta, ¿verdad? Estás todo el rato leyéndolo.

Clara interrumpe su lectura, renunciando por el momento a conocer la reacción de Odette, a la que Swann acaba de preguntar si son ciertos los rumores de que se ha acostado con mujeres.

–Me gusta mucho.

–¿Crees que me gustaría?

–Ehhh, no lo creo. Pero nunca se sabe.

–¿Y de qué habla?

Clara está tentada de decir «de todo», pero sería una respuesta un poco vaga.

–Es difícil de resumir.

–Inténtalo –dice él, poniéndole la mano sobre el vientre, por debajo de las sábanas–. Me interesa.

Clara dobla la esquina de la página cuatrocientos nueve y cierra el libro.

–Bueno, pues al principio Marcel, o sea, el protagonista del libro, está en la cama, no puede dormir y se acuerda de su pasado. Primero, de su infancia, cuando iba a Combray a casa de su tía abuela. Bueno, es una mujer horrible que se pasa el día en la cama, mirando por la ventana, pero a él eso no le importa, porque se dedica sobre todo a pasear. Así que narra todo lo que ve durante sus paseos, las flores, los paisajes... Todo lo describe de una forma superdetallada. Al principio resulta muy chocante, pero pronto comprendes que si da todos esos detalles es porque lo oye todo, lo ve todo. Es un genio, la verdad. También habla de las personas que lo rodean. De Swann, un señor que los visita. Y también de Françoise, la criada. Lo cierto es que es una mujer que me encanta. Es una persona muy directa, pero al mismo tiempo se confunde con las palabras. Cocina de maravilla, prepara un áspic de buey que te da unas ganas locas de conseguir la receta... En fin, el libro empieza así, en el campo, y después hay un cambio de escenario y nos encontramos en París, en un salón literario. No un salón en el sentido de una peluquería, por supuesto. En aquella época, un salón era un lugar donde se reunía la gente para escuchar música o para no hacer nada, solo para charlar, hablar de los demás, en general hablar mal de unos y de otros. Y este salón literario en cuestión es el de Madame Verdurin. La llaman la Jefa, pero es ridícula, como todos los que acuden a su casa. Por ejemplo, desde que se le desencajó la mandíbula, se inclina hacia delante cuando ríe y esconde la cara entre las manos. Y también hay un individuo que no recuerdo ahora cómo se llama, que cuando oye a alguien mencionar el color blanco, grita «¡Blanca de Castilla!», así, sin más. Cree que esto le da un aire inteligente, pero no, porque es algo absurdo, sin relación con nada. Y, bueno..., no sé qué más... Ah, sí. En casa de Madame Verdurin encontramos a Swann. Pero está fuera de lugar, se encuentra por encima de toda esa gente, porque él sí que tiene clase, ¿sabes? De hecho, si va al salón es para encontrarse con Odette, que lo obsesiona. Quiere saber qué hace cuando no está con él, la busca en todos los restaurantes de su barrio, mira por la ventana de su casa. Y lo más curioso de todo es que la primera vez que la vio no le gustó. La encontró más bien fea y está convencido de que le oculta algunas cosas. Además, utiliza palabras inglesas en su conversación, como decir *lunch* en lugar de comida; es muy irritante. De hecho, si está obsesionado con ella es precisamente porque se le escapa. Si lo piensas, es muy fuerte lo que significa. Significa que el amor no es algo que nos caiga encima porque sí, sino algo que decidimos. Decidimos amar lo que no tenemos, justo porque no lo tenemos.

Clara se detiene, pensando que tal vez es demasiado tarde para tanta explicación. J. B. no reacciona. Clara baja la cabeza, le ve el párpado cerrado y nota que el pecho se le mueve con la respiración. Es evidente que está dormido. Seguramente ha dejado de prestar atención mientras ella evocaba los detalles, la precisión de las descripciones proustianas.

Fue así como empezó todo. Al acabar un capítulo, cerró el libro y observó a las mujeres vestidas de blanco y tumbadas sobre la hierba que había en la cubierta, una ilustración en la que hasta entonces no se había fijado. De repente le pareció encantadora la imagen del libro sobre la manta de mohair color mostaza con la que se abrigaba las piernas (estaba en la terraza, en casa de su hermana, en Louhans), de modo que lo fotografió, le aplicó el filtro Juno y le añadió las etiquetas #marcelproust, #enbuscadeltiempoperdido, #alasombradelasmuchachasenflor y #novela.

Alrededor de las diez de la noche, volvió a entrar en Instagram. Su foto había recibido diez «me gusta». Por comparar, su foto más apreciada hasta el momento, la del gato metido en la bolsa de deporte de J. B. asomando solo la cabeza, había obtenido 193.

Madame Bozonnet entra en la peluquería para cancelar su visita de la tarde. Se ha encontrado mal en las galerías comerciales de Carrefour y los bomberos la han llevado al hospital, donde espera que le hagan unas pruebas... Lo que explica no tiene sentido. Clara vuelve la cabeza hacia la caja registradora. No es Madame Bozonnet, sino su marido el que ha venido a cancelar la visita de su esposa. Los dos tienen la misma voz endeble y vacilante, una voz «que se excusa».

Lorraine entra con aire triunfante en la peluquería. La resonancia magnética que le han hecho indica que no tiene un tumor en el cerebro. El doctor Maître le ha explicado que sin duda sufre algún tipo de trastorno de ansiedad «nosequé» (no recuerda el nombre) y le ha recomendado que vaya a un psicoanalista para intentar comprender la causa. De modo que ahora está buscando uno, lo que en sí mismo constituye un desafío. Sobre todo porque quiere que sea un psicoanalista que haga «formularios de atención médica».

–¡La verdad es que ya pago tres cuotas diferentes a la Seguridad Social!

Nunca se ha visto a una mujer tan feliz de saber que sufre un trastorno de ansiedad paroxístico.

Lo que más aprecia de él es el ritmo que le impone. La obliga a leer lentamente, pero también a estar atenta; es algo muy curioso. Cuántas veces, mientras lo leía, su mente se ha alejado de las palabras para lanzarse a hacer la lista de la compra o para recordar una conversación que había mantenido ese mismo día en la peluquería. Lentitud y vigilancia, relajación y concentración. Proust es su yoga.

Y para leerlo bien no hay que dudar en saltarse algunos fragmentos. En ocasiones se trata de cinco páginas que Clara pasa por alto antes de retomar la lectura en mitad de un nuevo capítulo. En las más de cuatro mil páginas de *En busca del tiempo perdido*, hay margen para eso. Clara lo hace sin sentimiento de culpa, convencida de que incluso Marcel, si hoy se releyera, encontraría que en algunos momentos se hace demasiado largo.

Dada la edad media de las clientas habituales de Cindy Coiffure, no es raro que de vez en cuando fallezca una. Cuando esto sucede, Madame Habib suspira y retira de su pequeño expositor giratorio la ficha de la clienta en cuestión, la rompe en cuatro pedazos y la deposita en la papelera (arrojarla allí le parecería una falta de respeto). La noticia se extiende en la peluquería y durante dos o tres horas el ambiente se vuelve más pesado antes de que la vida retome su curso normal. En el caso de Madame Da Silva, como era la clienta más antigua, Jacqueline ha querido asistir al funeral. Puesto que ha pasado de camino por la peluquería, han podido ver que se había puesto sus mejores galas: una mantilla de encaje de Calais, un vestido de terciopelo negro sobre el que destacaba un colgante de la Virgen con el Niño y unas gafas oscuras al estilo de Jackie Onassis. No habría estado más elegante si se hubiera vestido para el funeral de una infanta de Portugal.

Claudie Hansen hace su entrada con los primeros compases de la canción *Le coup de soleil*, de Richard Cocciante. La atiende Clara. Madame Habib se ha tomado el sábado libre para asistir a una boda. Patrick está allí, en la peluquería. Nolwenn, ocupada en alisar los cabellos de Madame Rinaldi, ni siquiera levanta la cabeza.

Claudie parece más relajada que en su anterior visita, pero con peor aspecto. Como si el paso del tiempo no le hubiera enseñado a ser una mujer. Los mechones sin forma le caen como cuerdas a un lado y a otro de su rostro, y contribuyen a que parezca enorme. Se ha maquillado, pero no como habría debido; sus clavículas sobresalen y sus bailarinas acentúan la longitud de sus pies. Al mirarla, no ves a una mujer, sino a un ser agotado de sentirse tironeado entre dos géneros. Y, sin embargo, esa sonrisa...

Después del lavado, Clara le pregunta a Patrick su opinión, y este responde sin interrumpir el *brushing* que le está haciendo a Madame Castaneda:

–Yo le haría unos reflejos y le dejaría un poco de flequillo para que la frente no se le vea tan despejada. Luego se lo secaría con el secador y un cepillo y, si todavía queda demasiado liso, ¿por qué no un ondulado? Pero no demasiado duro; algo muy discreto, como el que le he hice a Anne-Gaëlle el sábado pasado.

Era más o menos lo que Clara tenía pensado. Se lo explica a Claudie, que la mira fijamente en el espejo y asiente a cada una de sus frases mientras dice: «De acuerdo... De acuerdo...». Todo le parece bien. Y tampoco tiene demasiada importancia, dice su mirada. Lo que importa es estar allí. Claudie se hunde en la silla, cruza sus piernas inmensas y se queda totalmente quieta. El cantautor Roch Voisine ha tomado el relevo de Richard Cocciante.

J'ai pas voulu croire
Qu'un jour ton amour
Ferait demi-tour[3]

–¡Ay, no me lo puedo creer! –exclama Claudie, incorporándose en el asiento–. ¿Estás leyendo este libro?

Se refiere al ejemplar de *A la sombra de las muchachas en flor* que Clara ha colocado sobre la mesilla al volver de comer.

3. Nunca había pensado, / mi amor, que un día / pudieras alejarte de mí. (*N. de la T.*)

–¡Este libro me salvó la vida! –dice Claudie, cogiendo el ejemplar.

Clara esboza una sonrisa de pura alegría. Si tuviera ojos en la espalda, vería que Nolwenn, sorprendida por esta conversación poco habitual, levanta la cabeza con indolencia.

Claudie gira el libro, le echa un vistazo al texto de la contracubierta y lo gira de nuevo.

–¡Es una maravilla! ¿Por dónde vas?

–Por el principio. Cuando él está jugando con Gilberte.

–En el jardín de los Campos Elíseos.

–Exactamente.

Tras un instante de duda, Clara se acerca a Claudie y murmura:

–La verdad es que hay una cosa que no estoy segura de haber comprendido. Está jugando al escondite con Gilberte, cae sobre ella y..., no sé cómo decirlo...

–Llega al orgasmo. ¡Sin ninguna duda!

Las voces se apagan a su alrededor. Patrick se ríe. Incluso Roch Voisine da la impresión de cantar más bajito.

Claudie espera a que el ambiente vuelva a la normalidad para añadir:

–*En busca del tiempo perdido* es un libro muy orgánico. Habla mucho del cuerpo, de la piel. Si Proust describe la ropa con tanta precisión es para que sintamos los cuerpos que hay debajo. Los cuerpos llenos de deseo. Por eso, sus personajes tienen a menudo el rostro enrojecido.

Clara se queda inmóvil, presa de repente de las palabras de esa conductora de autobús escolar, que sigue hablando:

–Se irá a Balbec, ya verás; son unas páginas maravillosas... ¿Es el primer libro que lees de Proust o has leído otros?

–He leído *Por el camino de Swann.* ¿Y tú?

–Ah, ¡yo he leído todo *En busca del tiempo perdido* varias veces! Y de vez en cuando releo algunas partes. Proust me ha salvado la vida, lo digo muy en serio. Un día te lo explicaré.

Despacio, como si la onda de esta bonita sorpresa pasara todavía a través de ella, Claudie coloca el libro donde estaba. Luego se vuelve a acomodar en la silla, observa a Clara en el espejo y afirma:

–Estaba segura de que tú no eras como las demás.

Con Proust, Clara tiene la impresión de que lo puede ver todo. Y desde luego es así, porque Proust muestra el mundo visible en sus detalles más nimios, y detrás, oculta pero con un poder y una amplitud capaz de imponer su voluntad y su ley, muestra la realidad psíquica y psicológica de las criaturas. Y hay más. Al iniciar a Clara en los principios de la memoria involuntaria, como si le colocara las manos sobre los hombros para dirigirla con suavidad, el escritor enriquece su punto de vista, añade una dimensión que ella hasta entonces había ignorado, la del tiempo. ¿Acaso el pasado no se prolonga al surgir en el presente? ¿Acaso el recuerdo no adquiere más presencia que el episodio que relata? ¿Por qué nos parece que a medida que envejecemos nuestros recuerdos se hacen más vivos?

Menudo regalo. Clara se hace esa reflexión una mañana al oír a Nolwenn hablarle a una clienta de la serie *Les Marseillais à Dubaï*. El tiempo que Clara dedica a leer a Proust es tiempo ganado, un tiempo que enriquece la inteligencia en lugar de empobrecerla.

–Clara, me gustaría hablar contigo.

–¿Pasa algo, Jacqueline?

–No, no, solo que... Es Madame Lopez. Acaba de llamar para pedir hora y quiere que la atienda Nolwenn.

–¿Nolwenn? Normalmente soy yo la que peino a Madame Lopez.

–Por eso quiero hablar contigo. Creo que la última vez no quedó contenta.

–La última vez le hice lo mismo de siempre.

–No se trata del peinado. La última vez oí que le contabas la historia de un hombre que bebe una infusión y que eso lo transporta a su pasado.

–Ah, claro. No, le conté la historia de la pequeña magdalena de Proust. Ella no la conocía.

–¿Lees a Proust?

–Sí. Bueno, no, estaba leyendo *Por el camino de Swann*. Ahora leo *A la sombra de las muchachas en flor*.

–¿Por qué?

–¿Cómo que ¿«por qué»?

–¿Tienes un examen o algo así?

–No, lo leo solo por placer. ¿Lo has leído?

–Sí, bueno, la verdad es que no, pero eso es lo de menos.

–Deberías leerlo; estoy segura de que te gustaría.

–Seguramente. En fin, creo que ese comentario no le gustó a Madame Lopez. Por su expresión, me pareció que se sentía incómoda. Mejor que no les comentes esas cosas a las clientas; podrían sentirse acomplejadas.

–También hablé del tema con Claudie, y no se sintió acomplejada. Al revés, me propuso ir a su casa para hablar.

–¿Claudie?

–Hansen. La conductora del autobús escolar. Dice que Proust le cambió la vida.

–Pero no vas a su casa a peinarla, ¿no?

–No, no te preocupes. No voy para eso, y además le encanta venir a la peluquería. Solo hablaremos de Proust y beberemos té.

HISTORIA DE RAYMONDE
(continuación)

Fui al cobertizo en un momento en que sabía que mi marido no estaba, y confirmé que había dormido allí. Había ido a buscar una manta al garaje y la había usado para dormir encima. Esa misma tarde, desde la ventana de la cocina, lo vi regresar al cobertizo. Me daba lástima que durmiera allí, pero en cuanto recordaba a la china saltando a la pata coja para ponerse las bragas se me pasaba. En cuanto a él, ya no intentaba hablar conmigo porque veía que yo no tenía ganas, y así fue pasando el tiempo, yo en casa y él en el cobertizo, sin dirigirnos la palabra el uno al otro. A veces lo veía cuando entraba o salía del cobertizo. Cuando nuestras miradas se encontraban, las apartábamos enseguida. Por la noche le oía entrar en la casa. Iba a la nevera y cogía un poco de queso o de jamón, como un ratoncito. O bien iba al garaje a buscar alguna herramienta. Así pasó un mes, más o menos, y un día vino a verme.

–Escucha, Raymonde, no puede ser, no soy un perro, tienes que dejarme volver.

Y, como yo lo había meditado mucho, ya tenía una respuesta preparada.

–Te dejo volver con una condición. Que antes me dejes hacer un cosa.

René se arrodilló ante mí.

–¡Lo que quieras! –dijo, abrazado a mis piernas.

Me abrazaba tan fuerte que casi me tiró al suelo... Pero no perdí ni un minuto. A la mañana siguiente, salí de casa sobre las diez de la mañana y me dirigí hacia Saint-Marcel. Una vez allí, me detuve frente a la carnicería de Blériot. Puedo asegurarte que no las tenía todas conmigo. Tenía el corazón a punto de estallar y las piernas apenas me sostenían. Eché un vistazo dentro y vi que Bernard, el carnicero, estaba solo. No tenía clientes, y al aprendiz no se le veía por ninguna parte. Me dije que era una ocasión que no podía dejar pasar y entré. Bernard me saludó:

–Ah, Raymonde, llegas en buen momento. Tengo cabeza de vaca. Ya me dirás qué te parece.

Como no le respondí, me preguntó si todo iba bien.

–Sí –le contesté–, lo que pasa es que tengo que pedirte algo que no es fácil.

Bernard, apoyando las manos bien separadas sobre el mostrador, me dijo:

–Eso es otra cosa. Te escucho.

Yo lo miré a los ojos y empecé a hablar:

–Bernard, ¿sabes cuánto tiempo hace que nos conocemos?

La pregunta lo sorprendió tanto que no movió ni una ceja.

–Treinta y siete años, según mis cálculos. Al cabo de treinta y siete años se conoce a una persona, ¿no? Se le tiene confianza, ¿no?

Bernard ladeó la cabeza sin dejar de mirarme.

–Raymonde, me estás asustando. ¿Qué ha pasado?

Entonces me armé de valor y me lancé:

–Lo que ocurre es que me gustaría pasar una noche contigo. Solo una noche. Después, te prometo que no te pediré nada más.

Proust no es difícil, es diferente.

Pero, bueno, de todas maneras podría hacer párrafos un poco más cortos de vez en cuando.

Mientras tanto, entre su trayecto en bus, su descanso para comer y la hora de acostarse, Clara lee todos los días sus treinta páginas. Proust no es Harlan Coben, y, si tenemos en cuenta el ritmo que impone su lectura, podemos considerarlo una auténtica hazaña, sobre todo para una persona ocupada.

–Creo que me voy a acostar un rato en la cama.

–¿Qué te pasa? –le pregunta su madre.

–¿Te ha sentado mal algo que has comido? –pregunta su padre.

–Estoy indispuesta –responde Clara, frotándose la barriga.

–La verdad es que no tienes buena cara.

–¿No vienes a pasear?

–No, papá, me voy a acostar un rato.

–Qué lástima, para una vez que hace buen tiempo.

–Yves, no insistas. Ya sabes que Clara siempre ha tenido reglas dolorosas.

–Mamá...

–Las cosas hay que decirlas.

–Pero esta mañana te encontrabas bien –interviene J. B.

–Me acaba de dar.

–¿Quieres que volvamos a casa?

–No, no es nada. Voy a echarme un rato. Pero salid a pasear vosotros.

Cuando llega a su habitación, comprende que se ha olvidado lo más importante. Vuelve al salón, donde su madre está contando una historia que Clara ha oído centenares de veces, sobre una vieja compañera del trabajo que tenía reglas tan dolorosas que, para olvidarse del dolor, se pellizcaba los brazos hasta hacerse hematomas. Clara coge su bolso poniendo cara de fastidio, como si se preguntara dónde tiene la cabeza. Al volver a su habitación, endereza las almohadas, se sienta en la cama y acerca su bolso, de donde extrae el ejemplar de *A la sombra de las muchachas en flor*. Y entonces exhala un largo suspiro de placer.

Hace ya diez días que Clara ha tenido la regla. Simplemente, no soportaba la idea de seguir escuchando a sus padres y a J. B. comparando las ventajas de la libreta de ahorros y el seguro de vida, y menos aún la de acompañarlos en el paseo que seguiría a la charla, justo cuando el barón de Charlus acaba de aparecer en *A la sombra de las muchachas en flor,* igual que un feo moscardón que se posa sobre una bola de *mozzarella.*

Ya lo ha comprobado. Las mejores ideas, las más pertinentes, las más constructivas, le vienen a la mente durante la última parte de su trayecto en bus, pasado el puente viejo. Seguramente porque su cerebro comprende que no le queda más que un ratito de libertad.

Esta mañana, por ejemplo. Cuando el autobús acaba de atravesar el río Saona, Clara aparta la mirada del libro y comprende una cosa: su sensibilidad por las palabras, por su precisión, por su música, todo eso que la ha llevado a enamorarse de esta obra y de su autor, es algo que ha poseído siempre. Simplemente, era una disposición que no tenía objeto, como una tierra en barbecho, hasta que abrió este libro.

En realidad no es justo así. Bien pensado, se ha apasionado por este libro, pero habría podido apasionarse por el ajedrez, el cultivo de bonsáis o la creación de perfumes. Lo que preexistía en ella era la necesidad de una pasión absorbente y exigente. Inteligente.

El inicio de *El mundo de Guermantes*, que explica el traslado de la familia Proust a una vivienda dentro del palacete de Guermantes, constituye para Clara una conmoción inesperada. Ya no quería salir de ese apartamento, en especial de la cocina de Françoise; se resistía a que la historia la llevara a otra parte. Leyendo esas páginas se produjo una especie de magia que, por primera vez en su existencia, la llevó a pensar que los libros podían ser mejores que la vida.

–Yo era un bicho raro. Todo el mundo sabía dónde encajaba, y yo intentaba hacer lo mismo, pero no lo lograba. Tenía la impresión de ser un gato al que piden que resuelva una ecuación con dos incógnitas. Llegué a detestarme a mí misma, y luego estaba agotada. Escribí una carta en la que explicaba todo eso, me tragué un tubo entero de Lexomil con una copa de Cointreau, y me tumbé en la cama y me quedé dormida. Pero mi madre, con la que había hablado esa misma mañana, sospechó que me pasaba algo. Aunque vive a seiscientos kilómetros de mi casa, hizo que los bomberos tiraran la puerta abajo y me desperté en el hospital, muy disgustada de seguir con vida. Una ex vino a visitarme. Ya no estábamos juntas, pero nos seguíamos viendo de vez en cuando. Trabajaba en una librería de viejo en Yonne, allá donde vivía Colette, y llevaba años insistiéndome en que tenía que leer a Proust. En esta ocasión me trajo un ejemplar de *Por el camino de Swann.* Recuerdo que la ilustración de la cubierta era una acuarela bastante mala donde se veía la cara de un niño, una taza de té y unas magdalenas. Lo abrí una mañana, una bonita mañana de otoño, en el jardín del hospital. Y me quedé deslumbrada. Enseguida todo cobró significado para mí. Esa delicadeza, ese sentido de la belleza. Un hombre tan enfermizo que debía vivir recluido, que dedicaba páginas enteras a sus adormecimientos o a describir un arbusto de espino blanco. Era tan bicho raro como yo. Ya no me sentía sola. Estaba salvada.

La casa de Claudie es muy de su estilo. Es de madera, con una sola planta, y da la impresión de que no la han hecho de una vez, sino poco a poco, a lo largo del tiempo y sin un plan preciso, con habitaciones en lugares inesperados (más tarde, Claudie me confesaría que ella misma había construido buena parte de la casa). Las habitaciones son amplias, agradables tanto para atravesarlas como para estar en ellas, con multitud de sofás, butacas y cojines. También hay varios gatos, pero, al contrario que otros, estos se dejan acariciar, y hasta responden cuando se les habla. De vez en cuando llegan aromas de naranja y de cedro, y hay cortinajes amarillos sobre las ventanas. Uno se diría que está en un cañón a las afueras de Los Ángeles a principios de los años setenta.

Instalada entre dos grandes cojines recubiertos de una tela con motivos de cachemira, con las piernas dobladas bajo el cuerpo, Claudie está resplandeciente con su amplio jersey de rombos, que lleva como si fuera un vestido corto. Clara ha comprendido que para Claudie la seducción no tiene importancia: sentirse mujer parece bastarle para estar bien. Un perrito de una raza indefinida y con un problema en un ojo está echado junto a ella. Ha colocado la cabeza sobre las patas delanteras y observa el vacío ante él, esperando a que le venza el sueño.

–Cuanto más lo lees, más te gusta, ¿no te parece?

–Es cierto –dice Clara–. Es porque te acostumbras a su ritmo. Al principio, te dices «No entiendo, esta frase debería pararse aquí, y resulta que continúa», pero es porque lo lees demasiado deprisa, y es un error. Hay que tomarse su tiempo, hacer pausas. Ahora, cuando lo leo, tengo la impresión de que lo oigo hablarme.

–Una auténtica proustiana... Y su humor... ¿No te parece que es muy divertido?

–¡Sí! Es muy visual; hay momentos en que parece que estés en una película. Cuando se baja del carruaje porque ha visto a una chica en la acera y se da de bruces con la Verdurin, quien cree que es ella a la que persigue.

–¡Es fantástico! Y cada vez es más divertido, ya verás. ¿Has empezado *El mundo de Guermantes*?

–Sí, he leído el principio, que me ha encantado, pero lo he interrumpido para volver a leer *Un amor de Swann.* No sé por qué, pero me apetecía releerlo.

–Es algo que nos pasa con este magnífico libro. A menudo sentimos deseos de volver atrás. Seguramente para estar seguras de que no nos hemos perdido nada. De todas formas, lo pasarás muy bien con *Guermantes*; está repleto de escenas de salón divertidísimas.

Como si esta última observación lo hubiera hecho reaccionar, el perrito levanta la cabeza ladrando, baja del canapé y se pone a correr. Clara vuelve la cabeza y ve al perrito saludando a una mujer que acaba de entrar en la habitación. Tiene unos sesenta años, el cabello oscuro y sembrado de canas, un poco alborotado, y lleva unas gafas redondas.

–Clara, te presento a Michèle –dice Claudie, estirando las piernas–. Mi esposa. Me parece que no os conocéis.

Es cierto. Claude tenía una esposa. Clara había dejado a un lado esa información, dando por supuesto que la pareja se había separado cuando Claudie había hecho la transición...

–Qué guapa eres –dice Michèle, tocándole la cabeza–. ¿De modo que tú eres la peluquera que lee a Marcel Proust? Tendrás que explicarme el secreto. Yo no lo he conseguido nunca. Para mí es directamente un somnífero.

–No ve en él otra cosa que un escritor frívolo –le explica Claudie–. Es inútil que le repita que no lo es...

–Lo que me incomoda es que siguió en su cama, bien abrigadito, contando historias de duquesas mientras masacraban a toda una generación en las trincheras.

–¡Era asmático! ¡Casi ni podía ir de la cama a la planta baja de su casa! Por no hablar de su hipersensibilidad. Quiero decir, Michèle, el simple tintineo de una cuchara contra un vaso podía provocarle un desmayo. ¿Cómo quieres que lo movilizaran para el frente? A cambio, ha hecho un servicio a la humanidad al escribir una obra maestra de la literatura mundial.

Clara pasa la mirada de una a otra, como en un partido de tenis.

–Por lo menos podría haber hablado de lo que pasaba –dice Michèle.

–¿De qué?

–De la guerra. Y de las condiciones de vida de los obreros de la época, de los niños que trabajaban en las fábricas.

–¡Pero ya habla de la guerra! Hay mucho sobre la guerra en *En busca del tiempo perdido*. En cuanto a las condiciones de vida de los obreros, has leído a Zola o a Louise Michel, que lo hacen muy bien. Por otra parte, estoy convencida de que, si Proust hubiera sido pobre, no habría escrito un libro muy diferente. Creo que habría visto las mismas mezquindades, la misma hipocresía.

–Tiene respuesta para todo –le comenta Michèle a Clara, colocándole una mano sobre el hombro–. Te quedas a comer con nosotras.

–Pero...

–No tienes elección. He traído tomates y queso feta del mercado; prepararé una ensalada griega. Y así pruebas el pan que hacen aquí. Ya me dirás qué te parece.

Michèle mira un instante a su mujer, como para asegurarse de que todo va bien, tanto en la sala como en su vida, y a continuación se marcha seguida por el perrito tuerto.

Clara se vuelve a mirar a Claudie, quien se levanta del sofá.

–Quiero enseñarte una cosa, ven.

La conduce a la habitación contigua, una especie de antesala en la que solo hay una bicicleta de mujer, y luego a otra, una pequeña biblioteca de techo bajo, con las paredes cubiertas de estanterías combadas por el peso de los libros, de discos viejos de 33 revoluciones y de hileras de CD. Son estos últimos los que le interesan.

–Me has dicho que ahora estás leyendo...

–*Un amor de Swann.*

–*Un amor de Swann* –repite Claudie mientras retira de la estantería la caja correspondiente.

Sin más comentarios, conduce a Clara de nuevo al salón. En esta ocasión lo cruzan, salen por una puertecita acristalada y se instalan en un porche que hay detrás de la casa, desde donde se divisa un terreno inclinado que asciende hasta sumergirse un poco más allá en una bruma por donde asoman únicamente algunos tejados de tejas agrupados alrededor de un campanario. Claudie abandona unos minutos a su invitada y regresa con dos botellas de Heineken y un lector de CD en forma de pedrusco. Le pasa una cerveza a Clara, enciende un cigarrillo e introduce el CD en el lector. A continuación, se instala cómodamente en una silla de mimbre, apoya los pies en un pequeño parapeto ante ella y espera mientras contempla el campo.

Y es así como, en este rincón perdido de Saône-et-Loire, frente a un cielo que va adquiriendo un tono rojizo y con el canto de un mirlo especialmente elocuente de fondo, se eleva la voz cálida y amistosa de André Dussollier: «El doctor Cottard nunca sabía a ciencia cierta el tono en que debía responder a alguien, ni si su interlocutor hablaba en broma o en serio...».

Sumergida en la bañera, se topa con una frase que tendrá que releer cinco veces para captar su sentido:

«Bastaba para despertar en él la angustia de tiempos pasados, aquella lamentable y contradictoria excrecencia de su amor que alejaba a Swann de lo que era ella, como la necesidad de alcanzarla (el sentimiento auténtico de la mujer por él, el deseo escondido de sus días, el secreto de su amor), puesto que esta angustia elevaba entre Swann y aquella a la que amaba una resistente barrera hecha de las sospechas anteriores que tenían su causa en Odette, o tal vez en otra que la había precedido, y que no permitían al viejo amante conocer a su amor actual más que a través del fantasma viejo y colectivo de "la mujer que excitaba sus celos" un fantasma en el que había depositado de forma arbitraria su nuevo sentimiento».

Lo que significa que Swann sentía unos celos injustificados por su nueva conquista, porque ha sentido celos de otras mujeres, sobre todo de Odette, antes que de ella.

Una vez que Clara la ha comprendido, la frase le parece absolutamente nítida. No cree que fuera posible decirlo tan bien de otra manera, con tal precisión.

Empezó diciéndose que Nolwenn guardaba alguna semejanza con Françoise, de *En busca del tiempo perdido*. Luego fue Madame Habib la que le pareció un personaje salido del libro, con sus accesos de esnobismo, sus tics idiomáticos y gestuales, y su mirada de rana melancólica. Al final, comprendió que este libro es tan inmenso, aborda tantos temas, que cuando lo estás leyendo resulta casi imposible no ver el mundo a través de su prisma. La cosa más nimia te parece proustiana. Un racimo de glicinia, el color violeta de sus flores destacando sobre el verde de sus hojas. El polvo en suspensión que aparece en el rayo de luz que atraviesa una habitación a oscuras. Y Annick, su madre, que siempre que la fotografían vuelve ligeramente la cabeza y entreabre la boca como si alguien, aparte del fotógrafo, la llamara en ese mismo instante. Es algo proustiano, realmente proustiano.

Lo lee antes de dormirse y, a menudo, lo que ve al cerrar los ojos son las flores. Capuchinas bajo un sol resplandeciente, setos de espino blanco que huelen a almendra, flores de manzano que se mecen bajo una lluvia primaveral. Y lilas como las que hay a la entrada del jardín de Swann, ramos de violetas como las que lleva Odette en el corpiño, rosas de Pensilvania como las de Balbec, nomeolvides, amapolas, vincapervincas... Sus colores persisten, impregnan el inicio de sus sueños, que, sometidos también al esplendor proustiano, son más vastos y creativos que nunca.

Ahora deja por escrito sus impresiones de la lectura, tal como le aconsejó Claudie. Las escribe en un cuadernito rosa.

«En este libro, las personas pasan mucho rato observándose. Swann observa a Odette. Marcel a Gilberte. Marcel está pendiente de lo que hace la duquesa de Guermantes».

«El nombre "Guermantes" es como un globo. Si lo pinchamos, aparece todo Combray».

«Hacemos las cosas por razones distintas a las que imaginamos».

Anota también algunas frases que la han emocionado, por una u otra razón:

«Soplaba un viento húmedo y agradable».

«Comprendía que las cualidades de Odette no justificaban que atribuyera un precio tan alto a los momentos que pasaba con ella».

«En tanto que un acontecimiento que deseamos no se produce nunca tal como lo habíamos imaginado, ni nos ofrece las ventajas con las que creíamos poder contar, otros que no esperábamos se hacen realidad, de modo que todo se compensa».

«La sabiduría no te llega así como así; la tienes que descubrir por ti mismo tras un recorrido que nadie puede hacer en tu nombre y que nadie te puede ahorrar, ya que es un punto de vista sobre las cosas».

«La existencia no tiene interés más que en esos días en que el polvo de la realidad se mezcla con granos de arena mágica».

«... en que el polvo de la realidad se mezcla con granos de arena mágica».

Proust. Antes, este nombre mítico era para ella como el de algunas ciudades –Capri, San Petersburgo...– que daba por descontado que nunca iba a pisar.

Nunca ha sido hábil con las palabras, sobre todo cuando se trata de decir cosas importantes. Como era consciente de ello, había tenido que prepararse, a lo mejor incluso las había repetido para sus adentros sentado al volante del Duster, abajo en la calle, antes de subir. Clara lo deduce por su actitud, por su mirada, por el modo en que están construidas sus frases, que no es su forma habitual de hablar. A pesar de todo, no consigue minimizar el impacto de su anuncio. De entrada, porque el momento no es el adecuado. Un lunes de Pascua de un sol radiante después de veinte días de lluvia. Clara no piensa más que en una cosa, y es en acabar cuanto antes lo que le queda por planchar y salir corriendo a casa de su hermana, con su enorme terraza, para seguir con *El mundo de Guermantes*.

Bueno, pues aquí está el anuncio:

–Clara, tengo que decirte una cosa que no es agradable. Mira, he encontrado a alguien y quiero recorrer una parte del camino con ella.

Se detiene para echar un vistazo al bolsillo de su vaquero, de donde se escapa la insoportable introducción de *The Final Countdown*, que hace poco ha convertido en el tono de su móvil después de oírlo en un evento de Monster Jam. Se percibe su indecisión; no sabe si responder o no a la llamada.

–¿Quieres...? –pregunta Clara.

–No, dejarán un mensaje.

–No, me refiero a si quieres que nos separemos.

–Ah, sí. Eso es.

Es un desastre, les cuesta comunicarse, comprenderse, como en el fondo les ha ocurrido siempre. Nunca se han comunicado bien, nunca se han comprendido.

J. B. espera a que se haga el silencio para añadir:

–Yo siempre te querré; eso no cambiará. Lo que pasa es que tengo ganas de seguir mi camino con otra persona.

Es justo el tipo de frase que seguramente ha estado ensayando, tal vez incluso se la ha sugerido la mujer con la que J. B. tiene ganas de seguir su camino. («No te olvides de decirle que siempre la querrás, que eso ayuda a pasar el mal trago»).

Clara cruza los brazos sobre el pecho, levanta una mano y se la pone en el cuello. J. B. le pregunta si está bien.

–Sí, solo que... estoy sorprendida.

–Ya nunca hacemos el amor.

Estaba segura de que tocaría ese tema.

–Lo he calculado –añade J. B.–. Hace diez meses. Diez meses. ¿Te das cuenta?

–Ya lo sé.

–Tengo veinticinco años, y tú veintitrés.

–Ya lo sé.

Es como si asistiera al despegue de un cohete. Es evidente que ocurre algo; a su alrededor todo retumba y se inflama, pero ella no se mueve, sigue impasible, no siente nada aparte, tal vez, de un poco de calor. No tiene ganas de llorar, ni de coger el primer objeto a su alcance para lanzárselo a J. B. a la cara, ni siquiera tiene necesidad de sentarse. Se le ocurre que J. B. habría podido esperar a la noche para decírselo (ahora le será imposible sumergirse en la lectura de *El mundo de Guermantes*); a continuación lo mira a los ojos y, con el tono curioso pero desapasionado que emplearía para preguntarle a un camarero sobre los ingredientes de su ensalada marinera, pregunta:

–¿Quién es?

J. B. no tiene intención de desvelar esa información y, como es amable por naturaleza, se lo hace saber cerrando los ojos.

–Puedes decírmelo –insiste Clara–. No intentaré ponerme en contacto con ella. Ya me conoces, no es mi estilo. Solo que no quiero quedar como una idiota si aparece en la peluquería.

–No, no va a la peluquería. Va a Beaune.

–¿Es de Beaune?

J. B. asiente con la cabeza.

–Ahí fue donde diste una charla sobre tu profesión. Es profesora allí, supongo. ¿La has conocido al asistir a su clase? Dime solo si tengo razón. No te pediré nada más.

J. B. no responde, pero, por su expresión de pesar, Clara comprende que ha dado en el clavo. J. B. no ha sabido nunca esconder sus emociones.

Isabelle Audoin. Así se llama. No se lo ha dicho J. B.; de hecho, no ha vuelto a verlo desde su conversación. Se marchó aquella misma tarde. Lo había previsto todo; lo tenía preparado. El nombre lo descubrió ella por su cuenta, en internet, tras una búsqueda de unos seis minutos (encender el ordenador le llevó más tiempo que la búsqueda en sí). Recordó que J. B. había ido a dar una charla a una escuela de viticultura en Beaune, donde hay unos doce profesores y solo dos de ellos son mujeres. Sus nombres están escritos en la web del centro, junto con sus fotos, tomadas entre viñedos. Catherine Cucq, alta y delgada, aparentemente en buena forma (tiene aspecto de haber hecho el Camino de Santiago) pero de unos cincuenta años, pelo corto, huesuda. No es el estilo de J. B.; todo lo contrario que Isabelle Audoin, mucho más joven y con una estructura ósea perfecta, como diría Patrick, aspecto de gustarle las actividades al aire libre y de llevarse bien con los niños. Es ella, no cabe duda. Tiene el mismo tipo de belleza que Clara, pero más dinámico, menos romántico. Y además su foto no tiene fecha; es imposible saber cuándo se la hicieron, aunque presenta una expresión victoriosa que fácilmente podría significar: «Estoy viviendo una historia con un bombero guapo como Flynn Rider, nunca he hecho el amor tan a menudo como ahora y pocas veces me he sentido tan feliz».

Es un tiempo de adversidades, de acontecimientos un poco locos. En la misma semana, al principio y al final, la marcha de J. B. y de Madame Bach. Madame Bach es una mujer alta como un árbol, con una melena larga y gris y unas gafas que les dan a sus ojos el aspecto de los de una mosca. Fue clienta de la peluquería en otro tiempo (en la época de Audrey), hasta que empezaron a verla cada vez menos, lo que no sorprendió a nadie; era evidente que iba cuesta abajo. Un día supieron que la habían ingresado en Myosotis, una residencia de ancianos de la región. Madame Habib retiró su ficha del pequeño expositor, como hace con las clientas fallecidas, y en la peluquería se olvidaron de aquella mujer grandota que se apagaba como una vela.

Hasta esta mañana. La peluquería acababa de abrir, Lorraine se había instalado ya en su taburete y de repente vieron a Madame Bach en la acera, con expresión aturdida, justo delante del escaparate de Cindy Coiffure. La primera en verla fue Nolwenn, al levantar la mirada de su ordenador portátil.

–¡Ay, madre!

«Ay, madre», porque Madame Bach llevaba una camiseta gris con el triángulo verde de Leroy Merlin, y nada por debajo. Ni vestido ni pantalón ni leotardos ni bragas. Lo sucedido estaba claro: se había levantado de la cama en Myosotis y, sin tomarse el tiempo de vestirse –sin duda, no se le había ocurrido siquiera–, había venido a pie hasta aquí.

Madame Habib salió a su encuentro en la calle, le puso una bata y entró con ella en la peluquería. La instaló al fondo, en el puesto de trabajo de Nolwenn. Madame Bach no parecía entender las preguntas que le hacían ni darse cuenta de que sostenía un vaso de agua en la mano. Observaba a las mujeres que se afanaban a su alrededor con una leve expresión de asombro.

¿Cómo había venido a parar aquí? ¿Qué representaba la peluquería para su inconsciente? Tal vez se trataba de un simple salto en el tiempo: su cerebro había borrado de golpe unos cuantos años y la había transportado hasta una mañana en que tenía cita en la peluquería.

Madame Habib contactó con la residencia, donde le confirmaron que Madame Bach «salía» cada vez más. Mientras esperaban a que la pasaran a recoger, Jacqueline le preguntó a Madame Bach si quería que le hicieran algo en el pelo. Al no obtener respuesta, decidió lavárselo. Como ni Nolwenn ni Clara estaban libres, se quitó las pulseras, se arremangó la camisa de satén color crema y le aplicó ella misma el champú.

Se ha olvidado un poco de Proust, desde luego. J. B. e Isabelle Audoin ocupan sus pensamientos, incluso durante sus trayectos en bus; durante unas semanas, el libro duerme en el fondo de su bolso. Hasta que, un día, una tarde de domingo en la que estaba previsto que se reuniera con sus padres en el Museo de la Fotografía para ver la exposición de lavaderos de Borgoña, Clara decide quedarse en casa, abre de nuevo el libro *El mundo de Guermantes*, y regresa Marcel. Al volver a comprobar su inteligencia luminosa, su delicadeza, se pregunta cómo ha podido resistir sin él y se lanza a leerlo con avidez. Esas páginas tienen para ella un poder consolador equivalente, o superior, al del sol o el chocolate, y en tres días devora ciento cincuenta.

A una persona a la que han abandonado sin avisar tras tres años y medio de vida en común nunca se le dice: «Deberías leer *El mundo de Guermantes*». Es más habitual que le aconsejen que se apunte a un gimnasio o que tenga un gato, pero es un error. No lo de apuntarse a un gimnasio o tener un gato, sino dejar de lado a Proust. Si bien no ha escrito precisamente una guía de supervivencia para separaciones dolorosas, Marcel no tiene igual a la hora de reconfortar a un lector abandonado. De entrada, lo hace más inteligente, lo que no es poco, y también lo lleva a comprender que el amor no existe, que no es más que una creación de nuestro cerebro como respuesta a nuestra frustración existencial, a nuestro terror al abandono; que la persona a la que creemos amar no tiene nada que ver con quién es en realidad; que la deseamos porque se nos escapa, pero que, una vez que la tenemos, ya no comprendemos ni siquiera lo que nos llevaba a desearla; que estamos de todas formas irremisiblemente solos y que, por lo tanto, en cuestión de amor solo podemos sufrir un martirio o aburrirnos mortalmente.

Cualquier tentación que Clara pudiera tener de sentir nostalgia de la pareja que formaba con J. B. queda así pulverizada antes incluso de tomar forma, igual que las naves del Imperio Galáctico al final de *El retorno del Jedi*. Y en las ocasiones en que, a pesar de todo, a pesar de Proust, un acceso de nostalgia logra abrirse camino en su corazón, le basta recordar cómo pasaron los últimos diez meses de su relación sin tocarse; el cuerpo pálido y grande de J. B., por el que sentía entonces tanto deseo como el que sentiría un vegetariano por unas manitas de cordero o unos callos; o incluso el sueño que abrigaba entonces de marcharse sola al campo, en plan ermitaño, para leer sin el ruido de fondo de los juegos de una consola, o sin que la interrumpieran con preguntas sobre el horario o la composición de la próxima comida.

Pero lo peor –como suele suceder en las grandes pruebas personales– son los demás. Su madre, por ejemplo, a quien la partida de J. B. afecta de forma exagerada, casi como si hubiera sido ella la abandonada. Pasa varias semanas en un estado próximo al pánico, enviando a Clara textos totalmente fuera de lugar que en general empiezan diciendo: «Lo he estado pensando. Lo he estado pensando, y deberías escribirle una carta en la que le digas que 1) en la vida todos tenemos derecho a una segunda oportunidad (muy importante) y 2) que, si está de acuerdo, te gustaría verlo para hablar con tranquilidad del tema...». A continuación, cae en un estado de aturdimiento del que esperan sacarla con una cura de magnesio, pero será más tarde, durante una excursión organizada por su club de caminantes entre Millau y las gargantas del Tarn, cuando Annick se desembarazará de su proyecto de tener a J. B. como yerno con tanta facilidad como si pelara una naranja.

Y, desde luego, Madame Habib, a la que Clara no ha dicho ni una palabra de lo ocurrido durante varias semanas hasta una tarde en que se quedan las dos solas para cerrar la peluquería y le suelta la noticia. Cautivada por la historia, con los labios temblorosos de emoción, Jacqueline la escucha con los ojos grandes y tristes clavados en ella. Es evidente que esto ha despertado en ella un recuerdo personal; la ha hecho revivir una o varias separaciones pasadas. «¿Y qué vas a hacer ahora?», balbucea, como si Clara le hubiera anunciado que lo había perdido todo en un incendio. A continuación, enciende un cigarrillo y deja caer, con un suspiro de borracha: «Ay, de verdad, habría que cortarles el pito».

Una tarde, sin embargo, Clara no puede evitar el dolor cuando proyecta en su interior la película de lo que debió de ocurrir sin que ella se enterara en la escuela de viticultura de Beaune. La primera mirada, las primeras palabras que J. B. e Isabelle Audoin intercambiaron cuando estuvo claro que las cosas tomaban un cariz no profesional. ¿Dónde ocurrió? ¿En el aula, después de clase? ¿En el todoterreno Duster? ¿En la primera o en la segunda visita de J. B.? Como lo conoce bien, Clara sabe cuáles han sido sus gestos, la lentitud antes de la precipitación, el cambio en su tono de voz; conoce el sabor y los olores de su boca, de su cuerpo. ¿Habrá besado J. B. las plantas de los pies de Isabelle Audoin, como le gustaba hacer con Clara? ¿Habrá envuelto con los labios el dedo pulgar de su pie?

Se levanta, va al baño para tomarse la mitad de un Lexomil y vuelve a la cama.

¿Cómo es posible que eche de menos a una persona que le resultaba una molestia cuando la tenía al lado? ¿Cómo es posible que sufra por no estar con él cuando en realidad ya no lo quería? ¿Qué es lo que echa de menos exactamente? Porque su mayor deseo no es recuperar a J. B....

El amor es algo diferente del amor. Y su desaparición es otra cosa que su desaparición. Clara fija la mirada en el techo y se relaja al imaginar a Proust diciendo estas palabras: «Hay que ver el lado bueno de las cosas –le oye decir–. «Ahora tienes toda la cama para ti sola». Le parece que, si se incorpora, podrá ver a Proust sentado en su sillón al otro lado de la habitación, con la cabeza apoyada en la mano, como en la famosa foto, y apenas se atreve a cerrar los ojos.

Al día siguiente, ya no hay nada, ni dolor insistente ni fantasma proustiano.

Así que sus padres se llaman Annick e Yves. «Annives e Yck», decía su tío Jacques cuando ella era pequeña. Era el hermano bromista y secreto de Annick, y a Clara siempre le había divertido esa manera de llamarlos; durante mucho tiempo lo consideró un hito del humor y de la broma. Annick e Yves todavía sonríen cuando se acuerdan, pero J. B. no lo encontraba divertido. «Annives e Yck», no, de verdad, no entendía por qué les hacía gracia.

Clara recuerda este tipo de anécdotas ahora que ya se ha ido, igual que un leño que sube a la superficie cuando ya no hay razón para mantenerlo sumergido. Lejos de ser un detalle insignificante, esto demuestra hasta qué punto tenían sensibilidades diferentes, hasta qué punto nunca se encontraban.

Está en la librería, donde ha encargado el libro de Proust *La prisionera.* No ha terminado *Sodoma y Gomorra,* pero se adelanta.

–¿Está usted leyendo todo *En busca del tiempo perdido*?

A Clara le cae bien el librero. Le recuerda a Ned Flanders, el vecino de los Simpson; tiene el mismo aspecto normal, tranquilizador. Bueno, un Flanders francés, más seductor que el original, que regenta una librería con retratos en blanco y negro de Beckett, Faulkner y Le Clézio.

–Sí, desde el principio.

–¿Es a causa de sus estudios, o...?

–No, es por mí, solo por placer.

El librero pone cara de admiración.

–No conozco a muchos jóvenes que lean a Proust por placer. Es normal, porque con todos esos tiktoks ya no pueden concentrarse más de cinco segundos. –El librero teclea en su ordenador, pensando en otra cosa–. Desde luego, es insuperable. En realidad, en términos literarios, todo el siglo XX es insuperable. Cuando has leído a Céline, a Colette...

Clara sonríe encantada.

–Encuentro fantásticas a esas novelistas que se hacían llamar por su nombre de pila.

Le parece oír un resoplido a sus espaldas. Una mujer ha soltado una carcajada. Si girara la cabeza, Clara vería a la clienta en la cola, una persona con gafas de cristales gruesos, greñas de dos colores y la expresión golosa de quien disfruta anticipando la anécdota que va a explicar sobre lo que acaba de oír.

Flanders espera un instante, se inclina hacia Clara y le dice:

–El nombre de pila de Céline es Louis-Ferdinand.

Clara se pone tan roja como seguramente no le ocurría desde el colegio.

–No tiene ninguna importancia –se apresura a añadir el librero, quitando hierro al asunto. Luego fija la mirada en la pantalla de su ordenador–. ¿Le enviamos un SMS, como de costumbre, cuando recibamos el ejemplar?

Lorraine ha encontrado un psicoanalista, Marc Vauzelle, en Dijon. No hace formularios de atención médica, pero adapta sus tarifas a las posibilidades de sus pacientes. Y la primera sesión es gratuita. La sesión fue ayer, y esta mañana Lorraine no habla de otra cosa. ¿Seducida? Conmovida, más bien. Y locuaz. «Dice que mis vértigos son un mensaje de mi inconsciente, y que lo descifraremos entre los dos». Se lo cuenta a Madame Habib, quien, aunque no sea habitual en ella, se limita a responder con discretos «hummm». «Como yo no sabía qué decirle, me suelta: "Hábleme de su madre". Le respondo: "No sé qué tiene que ver ella con mis vértigos". Y nada más decírselo veo el rostro de mi madre, esa carita de pajarito que tenía al final, y, entonces –apoya la mano en el antebrazo de Madame Habib–, ¡me pongo a llorar como una Magdalena, querida! ¡No podía parar de llorar!».

Nunca había leído tanto, en especial por la noche. Ahora no es raro que apague la luz a las dos de la mañana, incluso entre semana. ¿Es porque leer le ayuda a olvidar que está sola? ¿O simplemente porque ahora tiene más tiempo para sí misma? El caso es que los personajes de este libro, Françoise, los Guermantes, Charlus, le resultan casi tan familiares como las personas que ve a diario. En ocasiones, cuando está cansada y recuerda algunos detalles, una reflexión aguda, una expresión de sorpresa en el rostro de alguien, ya no está segura de si se trata de recuerdos personales o literarios.

¿Es posible que en el hombre no haya más que mentira, hipocresía y mediocridad? ¿Que la vida no sea más que una comedia de las apariencias, algo apenas más agradable que un reflujo gástrico? ¿Que no haya nada a la altura del deseo que lo precede? ¿Que la única salvación posible, la única experiencia posible de felicidad se encuentre en las obras de arte?

Mañana tranquila en Cindy Coiffure. Clara acaba de acompañar a la puerta a una clienta y está consultando la agenda de visitas. Su próximo cliente es a las once menos cuarto, de modo que tiene un poco de tiempo para ella. Levanta la cabeza y contempla la peluquería. Desde la caja registradora se ve prácticamente todo el local. Madame Habib, inclinada sobre uno de los espejos de la izquierda, comprueba si tiene manchas de pintalabios en los dientes. Nolwenn, que también está esperando a que llegue su próxima clienta, barre su zona de trabajo con la mente claramente muy lejos de allí. En la emisora Nostalgie suena *Il tape sur des bambous*, de Philippe Lavil. Huele a Shalimar, a laca Infinitum y a cabellos calientes. El pequeño mundo de Cindy Coiffure. Clara lo ve, lo oye, «lo siente» y en ese momento comprende que ya no le basta.

Tomos de *En busca del tiempo perdido* que Clara ha leído hasta hoy, por orden de preferencia:

1. *El mundo de Guermantes*
2. *Por el camino de Swann*
3. *A la sombra de las muchachas en flor*
4. *Sodoma y Gomorra*

En cuanto a los personajes:

1. Françoise
2. Charlus
3. La abuela
4. Swann y la duquesa de Guermantes, *ex aequo*

Las últimas reflexiones en su cuaderno:

«En este libro, a menudo las personas no saben que las miran (Charlus, la duquesa de Guermantes, la abuela)».

«Sublime, cuando habla con su abuela por teléfono (es como hablar con ella en el más allá)».

«Un libro sensual y generoso como una fruta, como un melocotón».

Y estas citas:

«Nuestras facciones no son más que gestos convertidos por el hábito en definitivos».

«La verdad no necesita ser dicha para manifestarse [...] tal vez pueda recogerse con más seguridad, sin aguardar a las palabras, aun sin tenerlas en cuenta, en mil signos exteriores, incluso en ciertos fenómenos invisibles, análogos en el mundo de los caracteres a lo que son, en la naturaleza física, los cambios atmosféricos».

«La acera, todavía mojada, se torna gracias a la luz en esmalte dorado».

La evocación llega cuando menos se la espera. De hecho, el mismo nombre lo dice; se habla de episodios de «memoria involuntaria». El primero lo vivió al oír el ruido del cortacésped en la clase de Ciencias Naturales, una experiencia que recordó unos meses antes en el bus, después de leer el episodio sobre la magdalena en *Por el camino de Swann.* El segundo le ocurre en Marionnaud, donde ha ido a comprar Gentleman de Givenchy para su padre, que va a cumplir años, y en ese momento le llega a la nariz el olor de Habit Rouge, que alguien ha rociado cerca de ella. Y resulta que Habit Rouge es el agua de colonia que Clara, aconsejada por una dependienta que se la había vendido como un «clásico intemporal», le regaló a J. B. en las primeras Navidades que pasaron juntos. En una milésima de segundo, se transporta a ese periodo tan especial, tan «determinante» de su vida. Todo le vuelve. La explosión sexual que se produjo (hacían el amor en todas partes: en el tren, en la piscina...); la felicidad que le procuraba explorar el cuerpo de su Flynn Rider (su rostro hacía esto, sus caderas aquello); el sabor a hierro que acabaron por tener sus besos; el orgullo de caminar junto a él por la calle; de presentarlo a sus amigos, a sus padres; y también, casi más emocionantes, la sensación de los días fríos y despejados, la de la cercanía de las fiestas de final de año, una impresión general de placer, de luz, de confianza; con esa juventud, con esas caras, sus vidas no podían ser más que un éxito rotundo.

Un placer intenso forrado de dolor, o, más bien, un dolor inserto en el placer. Clara cierra los ojos para profundizar en lo que siente, consciente de que ha llegado el momento de desembarazarse de todo ello. Algunos pensamientos conscientes acompañan a su esfuerzo; en especial, entiende que estaba más enamorada de J. B. de lo que quería admitir, y que su marcha la ha marcado más de lo que quisiera. Y es su hermana, que la acompaña, la que pone fin a la experiencia:

–No les queda Gentleman. Tendremos que volver el martes. Mierda.

En el autobús, entre Palais-de-Justice y Republique, se ríe sola al pensar en la duquesa de Guermantes cuando dice de un joven que tiene el aspecto de un tapir.

Le está secando el pelo a Madame Fabré cuando Madame Habib se acerca a ella y le susurra, con tanta precaución como si le confiara el código de su tarjeta de crédito:

–Te llaman por teléfono. Es Claudie Hansen.

Clara apaga el secador de pelo.

–¿Quiere cambiar la hora de su cita?

A Jacqueline se le escapa un pequeño eructo que logra convertir en un discreto «ufff», y eso hace que su respuesta llegue con cierto retraso.

–No creo. Para eso no haría falta que te telefoneara.

Ha sido una jornada con mucho trabajo y bastantes contratiempos. Clara se acerca con desgana a la caja registradora y coge el auricular, preguntándose qué más se le viene encima.

–Buenos días, Claudie.

–Ah, Clara, perdona que te moleste. Seguro que estás muy ocupada...

Esa voz grave y frágil a la vez. Oírla en un día como hoy es como reconocer una cara familiar en medio de una multitud.

–Te llamo porque he tenido una idea. Ya sé que nos veremos la semana que viene, pero esto no puede esperar. Se me ocurrió ayer, y no dejo de darle vueltas; incluso lo he comentado con Michèle y está de acuerdo conmigo. Bueno, mejor que vaya al grano. Creo que deberías leer a Proust.

Hace ya nueve meses que Clara lee a Proust; es la razón por la que Claudie la invitó a su casa y estuvieron hablando de eso toda una tarde, e incluso mientras cenaban. Clara se dice que Claudie está mal de la cabeza, que su tratamiento hormonal está afectando seriamente a su memoria, y entonces la oye concretar:

–Me refiero a leérselo a los demás. En voz alta. Ayer tarde, cuando ordenaba mis CD, volví a oírte leyendo el resumen de lo que estuvimos escuchando en mi casa... Clara, tu voz tiene la misma dulzura, la misma delicadeza que ese texto. Tu voz es como el perfume del espino.

Unas palabras así, en este contexto... Es incapaz de lograr que le funcione la cabeza; solo se le ocurren respuestas banales. «Eres muy amable», y otra vez «eres muy amable», y después «buenas tardes», y ahí se acaba la conversación.

Al dejar el teléfono en la base, siente en su interior una vibración que no se debilita. Regresa a su puesto de trabajo, donde Madame Habib ha ido a hacer compañía a Madame Fabré, pero no se detiene, sino que pasa de largo ante las dos mujeres, se refugia en la trastienda y sale al patio trasero de la peluquería. El cielo es de un blanco electrizante que le hace torcer el gesto. Se pone en cuclillas y empieza a llorar. Sale todo lo que tiene que salir. La marcha de J. B., la humillación en la librería, Isabelle Audoin y Madame Bach, los días cada vez más pesados en la peluquería, ese libro que todo lo cuestiona, y ahora esa idea de que tiene que leerle a la gente. Y hay otra cosa. Todos esos contemporáneos de Proust, esas personas anónimas de 1900-1910; últimamente las ha estado viendo en YouTube, con sus sombrillas y sus chisteras. Las ve apresurarse por la Avenue de l'Opéra, o ante Notre-Dame, y siente por todas ellas una inmensa compasión, porque cree saber algo que ellas no saben todavía, y es que no hay nada que dure, que toda vida cae en el olvido y su recuerdo se borra tan fácilmente como un dibujo sobre una ventana empañada.

Debería parar; no va a poder volver al trabajo. Pero qué tontería, cuanto más llora, más ganas tiene de llorar, y ahora gimotea como un animalito, y ve que la puerta se abre y aparece Madame Habib, que se arrodilla y la abraza diciendo:

–Todo irá bien, pequeña... Todo irá bien.

III
CLARA

«Y, con esa zafiedad intermitente que reaparecía en cuanto ya no se sentía desgraciado y que rebajaba su nivel de moralidad, dijo para sí: "¡Cuando pienso que he malgastado años enteros, que he deseado morir y he sentido el amor más grande de mi vida, todo por una mujer que no me gustaba, que no era mi tipo!"».

Cierra el libro, se aclara la garganta y espera, sin atreverse a mirar a Madame Renaud.

No ha ido bien. Ha dicho «controlar» en lugar de «consolar», lo que ha desprovisto de sentido la frase en cuestión, y en la última parte se ha saltado una línea entera (hay que decir que se trata de un texto muy denso). Se ha excusado antes de seguir leyendo y ha narrado el final sin sentir nada, pronunciando las palabras tal como se le iban presentando.

Madame Renaud parece descontenta. Normal. Tiene la mirada perdida y mueve despacio los labios sin producir ningún sonido. Claudie se la ha presentado a Clara como «una vieja amiga, fan de Proust, a la que le gustaría escuchar el final de *Un amor de Swann*». Tendría que haber añadido «y que sabrá hacerte sentir incómoda si no lo lees bien».

–¿Dónde has aparcado? –pregunta al fin Madame Renaud.

–He venido a pie.

–¿Vives muy cerca?

Está claro que evita comentar la lectura que acaba de oír, y tiene motivos. Clara le sigue la corriente.

–No, vivo en Chavannes. He venido directamente desde la peluquería que está detrás de la Place de la Libération.

–Entiendo. ¿Y cómo vuelves a casa?

–Voy hasta la peluquería y tomo el bus. El tres.

–Ah, sí, el tres.

–Va directo, tengo suerte.

–Sí, es muy práctico.

Ya han agotado el tema y no hay nada que añadir. La anciana se levanta de la silla apoyándose en los reposabrazos y, sin decir palabra, ambas recorren el pasillo, que huele a hospital. De camino, Clara observa en la sala de estar, encima de un mantelito blanco de encaje colocado sobre un mueble lacado, la foto de un papa en un marco plateado. Cuando llegan a la puerta, tiene que esforzarse por no llorar.

–Bueno, pues adiós.

–Sí, hasta mañana.

–¿Perdón?

–He dicho: «Hasta mañana».

–Para... ¿leer?

–Pues sí. Con Claudie habíamos acordado dos sesiones. *Un amor de Swann* y la muerte de la abuela. ¿No te lo comentó?

–Sí, pero mi lectura no... ¿Le ha gustado?

–Desde luego. Si no, no te propondría que volvieras.

–Ha habido un momento en que me he equivocado.

–Ah, es posible, no prestaba atención. Tienes una voz bonita, capaz de tonos graves y agudos, muy agradable de oír. Y te mantienes en un segundo plano, no sobreactúas, lo que es de agradecer. La última chica que me leyó a Proust lo hacía como si se tratara de un vodevil; era tremendo... ¿Mañana a las siete y media, igual que hoy?

–De acuerdo.

–Mañana por la tarde estaré con mi nieta. Mi hija la trae después de comer. La pequeña tiene cuatro años, salta por todas partes, dibuja por todas partes. La quiero mucho, pero toda la tarde es demasiado. Me dará ánimos saber que después vienes tú.

Al salir, repasa una y otra vez una canción que ha oído en la peluquería. Esta vez no olvida el título. Con *Don't*

Stop Me Now, de Queen, resonándole en la cabeza, atraviesa la Place de la Libération y a continuación el casco antiguo, pasando por delante de la catedral.

> *I'm gonna go, go, go,*
> *There's no stopping me.*

El secreto es ir despacio. Te permite limitar el riesgo de titubeos, de caer en una lectura automática, y, sobre todo, ayuda a la persona que escucha a saborear bien todo el texto.

Tomemos como ejemplo la frase: «El marqués de Palancy, con el cuello estirado y el rostro en diagonal, con su ojo redondo abultado pegado al cristal del monóculo, se movía despacio en la sombra transparente, y parecía no ver al público de la orquesta, como si se tratara de un pez que pasa, ajeno a los visitantes curiosos, al otro lado de la pared de cristal de un acuario». Incluso si se lee rápido, es poco probable que al oyente se le pase por alto la imagen de un pez en un acuario. Pero, si no se lee con la lentitud suficiente, puede que no capte «con el cuello estirado y el rostro en diagonal» o «la sombra transparente», lo que sería una lástima.

Las comas de Proust dan la sensación de estar colocadas al azar; no están adaptadas a la lectura en voz alta de frases tan largas. De modo que a Clara se le ocurre la idea de marcar, en los párrafos que va a leer, algunas indicaciones personales:

«/», entre algunas palabras, para indicar una pausa.

«//», entre algunas frases, para detenerse más rato, a fin de recuperar el aliento y también de conceder a la persona que escucha tiempo para comprender lo que acaba de oír (no hay que tener miedo a las pausas; un silencio siempre le parece más largo al que lee que al que escucha).

Pronto añadirá otros signos a las páginas de sus libros:

«>>», en el margen de un párrafo, significa que puede acelerar la lectura sin riesgo de balbuceos (en el caso de una enumeración o de un diálogo, por ejemplo).

«~», entre dos palabras, por ejemplo, significa que puede hacer la *liaison.* Las falsas *liaisons* son la trampa en la que más fácilmente se puede caer cuando se lee en voz alta.

Estas marcas son un poco como las que se ven en las rutas de senderismo, indispensables para quienes las recorren por primera vez, pero no para el guía experimentado, que ni siquiera las advierte. A Clara le resultan útiles durante la preparación, pero no después, cuando, tras leer y releer el texto para hacerlo suyo, ha memorizado el ritmo y las entonaciones que le quiere imprimir. Entonces, cuando lo lee puede concentrarse en lo esencial: estar presente, concentrada en las palabras. Porque es lo más difícil: estar «dentro del texto», y permanecer allí de la primera a la última sílaba, hasta el punto de que ni el tono de un móvil ni el llanto de un bebé, ni siquiera la explosión de una olla a presión en la habitación de al lado, perturbarían su lectura. Yoga.

Hacía un tiempo que no veían a Madame de Lamballe en la peluquería, y con razón. Ha sufrido un derrame cerebral. Esta mañana ha regresado. Madame Habib la ha mimado, Nolwenn la ha peinado. Sus andares son un poco inseguros, y tiene una mitad del rostro un poco más rígida que la otra. Además, ya no emplea verbos; se expresa mediante conceptos y onomatopeyas. «Mi hija distraída, sus zapatillas de deporte en la escalera, mi yerno patapúm, la noche en urgencias». O bien: «Lisboa, la brandada de bacalao, los pastelitos de crema, ¡ayayay la báscula!». Esto tiñe sus intervenciones de cierto aire bobo, pero también hace que parezcan haikus fáciles de comprender. De hecho, una vez que se ha ido de la peluquería, nadie hace comentario alguno. Madame Habib, por corrección; Nolwenn, porque ha pasado a otra cosa. En cuanto a Clara, imagina lo que el hándicap de la pobre Madame de Lamballe habría inspirado en Proust... Una baronesa con este problema.

A quien ha transformado radicalmente la marcha de J. B. es al gato. Al principio lo ha estado buscando con un aire más desconcertado que de costumbre. Entraba en la habitación y exploraba su lado de la cama como si acabara de aterrizar en Marte, o bien observaba el gancho donde J. B. solía colgar su bolsa de deporte, sin entender por qué no había nada. Y una tarde, al entrar en casa, Clara lo encontró sobre el sofá (hasta entonces reservado tan solo a los humanos) ronroneando (un hecho también inaudito), con los ojos entrecerrados de contento y moviendo suavemente la cola. Se había hecho a la idea de que J. B. no volvería, que a partir de ahora solo estarían Clara y él, y, por lo visto, le parecía bien.

APELLIDO:
Poitrenaud

NOMBRE:
Clara

LUGAR Y FECHA DE NACIMIENTO:
El 22 de marzo de 1997 en Dole

TÍTULO DEL TRABAJO:
Lectura de extractos de *En busca del tiempo perdido*, de Marcel Proust

DISCIPLINA (tachar lo que no proceda):
~~Teatro, Música, Danza, Artes circenses, Montaje plástico, Montaje sonoro, Montaje digital~~

OTRO (concretar):
Lectura

–¿Diez días?

–¿Te parece que es demasiado?

–Es que Patrick estará ausente en las mismas fechas.

–Solamente la primera semana.

–Es cierto, pero Patrick solo viene el sábado.

–Pero estará Nolwenn. Los diez días.

–De acuerdo, pero eso no quita que algunas clientas puedan ir a probar a otro sitio. No tengo ganas de darle negocio a Mariella Brunella.

–De todas formas, a finales de julio suele haber menos gente.

–Eso ya lo veremos... ¿De verdad necesitas todo ese tiempo? El festival solo dura cuatro días.

–Sí, pero tengo que prepararme. Es lo que me gustaría hacer los primeros días. Ensayar en mi casa.

–¿No puedes hacerlo por las tardes, después de la peluquería?

–No, estoy reventada. Además, voy a leer a casa de una señora tres veces por semana.

–¿A casa de Claudie Hansen?

–No, de una amiga suya. Bueno, de una amiga de su madre, Madame Renaud, que vive en la Avenue de Paris. Al principio tenía que ir solo un día, pero quiso que volviera. Ahora voy tres veces a la semana.

–¿Para leer?

–Sí, para leerle a Proust en voz alta. Es su pasión.

–Pero eso ya es un entrenamiento.

–¿Para qué?

–Para el festival.

–Ah, sí. Aunque no será lo mismo.

–¿Tienes pánico escénico?

–No, bueno, no lo sé, no me lo planteo.

–Esto me recuerda a cuando era joven. Mi hermana y yo trabajamos como azafatas de congresos dos o tres veces, en el salón del automóvil o de la aeronáutica. Nuestra jefa nos decía que enseñáramos las piernas. Cada vez que pasaba cerca de nosotras nos levantaba la falda con un tirón rápido. Yo había visto a Gilbert Bécaud. El cantante. Me firmó un autógrafo en un pañuelo de papel, porque era lo único que llevaba encima. La tinta del rotulador se corrió, el autógrafo estaba ilegible... No sé por qué te cuento todo esto; no tiene nada que ver.

–No... Entonces, ¿quedamos en que me puedo tomar dos semanas en julio?

–Por supuesto, Clara, tómate las dos semanas en julio para leer a Marcel Proust. Ya nos las arreglaremos.

Ahora Lorraine aparece en la peluquería con un libro, además de sus cafés. Se trata de *Cinco conferencias sobre psicoanálisis,* de Sigmund Freud, un libro que le ha recomendado Vauzelle. Tras intercambiar con Madame Habib las noticias habituales del día, se instala en el taburete y se sumerge en su libro, colocándolo de forma que todos los presentes puedan ver el título y el nombre del autor. De modo que ahora hay dos lectoras en Cindy Coiffure, una de Proust y la otra de Freud, lo que resulta a un tiempo muy culto y bastante desconcertante.

Clara ha observado que Lorraine, que es una mujer coqueta, lo es especialmente los días en que tiene cita con su psicólogo (vestido escotado en lugar de los chinos de siempre y chaqueta vaquera de un tono azul grisáceo, el que mejor resalta su cabello rubio) y que ya no menciona nunca, pero nunca, la posibilidad de ahorcarse.

Es un sábado, a la hora de apertura de la peluquería. Ya hay dos clientas esperando; hay que darse prisa. En el patio trasero, con los ojos todavía hinchados de sueño, Patrick le advierte a Clara:

–No te asustes, ¿eh?

Se coloca el cigarrillo en la comisura de los labios y desenrolla el cartel. Clara, al verlo, se tapa la boca con la mano.

Es un dibujo en blanco y negro hecho de tal manera que parece que se hubiera rayado una pizarra con la uña. Una chica con rasgos de heroína de manga y con un escote vertiginoso parece guiñar el ojo al espectador, a menos que se trate de un fallo en el dibujo del rostro. Abajo, a la izquierda, hay una sombra chinesca del perfil de un hombre, probablemente Proust, que recuerda a Jack el Destripador o a un criminal similar. Arriba, a la derecha, con una tipografía que evoca el universo de *Juego de tronos* más que la obra proustiana, se lee: «La peluquera y Proust».

No hace falta decir que, aun conociendo el estilo de Patrick, Clara esperaba algo muy distinto. Patrick lo sabe, y añade, como si hubiera firmado una obra maestra:

–He pensado que los que conocen a Proust irían de todas maneras, y que a quienes hay que atraer es a los jóvenes. Por eso he utilizado el estilo manga. He pretendido desempolvar a Proust, borrar su parte remilgada.

–Desde luego, de remilgado no tiene nada.

–Pero ¿te gusta?

Clara se cruza de brazos.

–El título me gusta –responde, señalándolo.

–Sí, me habías dicho que pusiera otro, ya no recuerdo...

–«Lectura de extractos de *En busca del tiempo perdido,* de Marcel Proust».

–Exacto, pero era demasiado largo. «La peluquera y Proust» es mejor. Bueno, en mi opinión. Es fácil de recordar.

–Está claro.

Patrick se frota un ojo irritado por el humo del cigarrillo y dice:

–Te dará suerte, ya verás.

–Muchas gracias.

Está a punto de añadir «de verdad», pero se contiene.

–¿Qué estáis haciendo? Tenéis a todo el mundo esperando. –Nolwenn se asoma al patio–. ¿Qué es esto? –pregunta, refiriéndose al cartel.

Patrick, que acababa de enrollarlo, lo desenrolla de nuevo. Nolwenn se acerca para verlo mejor. Sus ojos van rápidamente del cartel a Patrick, para volver enseguida al cartel.

–¿Lo has hecho tú?

–Sí, ¿por qué lo dices? ¿Te mola?

Nolwenn traga saliva.

–Por supuesto, muchísimo.

HISTORIA DE RAYMONDE
(fin)

Tengo que decir que lo de Bernard y yo no ha surgido de repente. Es un hombre que siempre me ha gustado, incluso iba detrás de mí cuando éramos jóvenes. Lo que ocurre es que yo ya estaba con René, me quedé embarazada, nos tuvimos que casar... Bueno, que no pasó nada. Pero eso no significa que me lo quitara de la cabeza. Durante todos estos años, sentía un placer desproporcionado cuando entraba en su carnicería. Cuando más me gustaba ir era el sábado por la mañana, porque había cola y así podía mirarlo durante más tiempo. Cuando veía su nariz bien dibujada, sus uñas bien cortadas, su pelo, un poco ondulado en las puntas, sentía como un calor en el vientre. Por culpa de eso, compraba demasiada carne. Tanta que me pregunto si no será culpa mía que en mi familia todo el mundo sea diabético (no estoy segura de que sea muy sano comer carne todos los días). También debo decir que Bernard es un hombre libre. Está soltero desde que su mujer se marchó con otra mujer, hace unos quince años. Se fueron a vivir primero a Dijon, y luego a las islas, no sé exactamente dónde; esa también es una historia curiosa. De modo que le pedí que pasara una noche conmigo. Al principio lo veía como una historia para poder decirle a René: «Tú has mojado el churro, pues yo también he pasado un buen rato» (perdona que lo diga de esta manera, Jacqueline, pero hablo tal como me viene). Bernard me contestó que sí (eso no me sorprendió mucho; no conozco a ningún hombre que diga que no a una proposición de este tipo y, además, a mis sesenta y siete años no estoy nada mal). No, la sorpresa fue lo bien que fue todo. La cena, para empezar, estaba riquísima. Fuimos a un restaurante en Crissey; yo tomé pato con salsa de arándanos, y Bernard, costillar de cordero. La verdad es que nos dimos un festín, y luego pasamos la noche en una pensión cercana. No hicimos nada fuera de serie, pero fue todavía mejor. Nos acostamos en la cama y empezamos a hablar. Bernard me escuchaba mientras me acariciaba la espalda; la ventana estaba abierta y oímos cantar a los pájaros toda la noche. De vez en cuando me quedaba un rato dormida y me despertaban sus besos en el cuello o en la frente. Abría los ojos, veía que me miraba y me decía que se sentía bien. ¿Qué más se puede pedir? Después de esto, ya no tengo ganas de regresar para decirle al otro que puede entrar en casa. Me importa un pimiento si René vuelve, se marcha o se casa con su china, si le apetece. No pienso más que en Bernard, en su boca, en su piel; espero los mensajitos que me envía a lo largo del día desde la carnicería; calculo el tiempo que falta para nuestra próxima cita. Sí, porque tenemos previsto vernos otra vez el sábado. Esta vez pasaremos juntos dos días, en el lago de Settons. En realidad, por eso he venido. Traigo una foto que he encontrado en alguna parte y me preguntaba si me podríais hacer algo parecido. El pelo un poco más claro, recogido por detrás y que al mismo tiempo caiga un poco sobre la cara. Creo que Patrick podría hacérmelo, o incluso Clara.

El lugar no es un sitio concreto, o mejor dicho cambia, se transforma. Empieza en el pasaje donde está Cindy Coiffure y continúa en el vestíbulo de un edificio cuyos pisos desaparecen de repente para dar paso a un cielo estrellado.

El librero que se parece a Flanders le pregunta el nombre del barón de Charlus. «¡Palamède!», responde ella de inmediato, antes de añadir, en un exceso de celo: «¡Lo llaman Memé!». El librero hace un gesto de asentimiento y sigue con las preguntas:

–Ahora, algo más difícil. ¿Quién de *En busca del tiempo perdido* se llama Bathilde?

–¡La abuela!

–¡Impresionante!

Sin más dilación (tal vez porque sus respuestas han sido acertadas), Clara vuelve a encontrarse en el espacio infinito, donde camina entre guijarros y otros residuos de estrellas plateadas. A lo lejos se distingue una silueta, la figura de alguien tan perdido como ella; es un hombre que se aproxima, es Proust. Sus cuerpos encajan con suavidad y giran lentamente en el espacio sideral. En un instante, están desnudos; Clara siente el contacto de toda la piel del escritor, que es deliciosamente tersa, un placer indescriptible. Con cada movimiento de sus pelvis, con cada roce de sus piernas o presión de sus manos, se acercan al éxtasis un paso más. Y ese avance va acompañado de una melodía que suena cada vez más clara, aunque no es una melodía en realidad, sino tres notas como las de una cuchara al tintinear contra unos vasos llenos de agua; es un móvil, el móvil de Clara, que la despierta. Son las siete de la mañana del 21 de julio, el primer día del festival.

Mientras alarga la mano para coger el móvil, e incluso una vez desactivada la alarma, se dice que es sorprendente que nadie haya mencionado nunca que Proust, aparte de un genio literario, era un amante excepcional.

Primer día (miércoles)

Clara encuentra de nuevo su sitio, en la Rue des Tonneliers, delante de la vitrina pintada de blanco de una vieja joyería. Ya estuvo allí diez días atrás, con la responsable del festival. Pega con cinta adhesiva su cartel sobre una señal de dirección prohibida y, debajo, cuelga una hoja anunciando sus lecturas.

11 h: Swann se repone de Odette
15 h: El viaje en tren y la vendedora de café con leche
18 h: La Sonata de Vinteuil

Toma asiento junto al cartel, sobre un sillón de ratán, frente a tres alfombras dispuestas en semicírculo que Anaïs la ha ayudado a transportar en su Saxo, y espera. Espera, pero no viene nadie. «No viene ni el tato», como diría Madame Habib. Son las once menos veinte, menos doce, menos tres minutos, y Clara nunca se había sentido tan sola.

Al otro lado de la calle principal, unos críos de Le Creusot bailan *breakdance* y tienen, qué, cinco o seis espectadores. No es gran cosa, pero a Clara la haría muy feliz tener a cinco o seis personas sentadas frente a ella. Pero nada, la gente pasa por la calle, y ya vayan solos, en pareja o en familia, sus miradas hacen siempre el mismo recorrido. Miran el cartel, el programa y a Clara, y, cuando la ven, ya es demasiado tarde; ya han tomado su decisión: no les interesa. Su expresión compungida lo dice todo. «Estamos convencidos de que lees bien, y apreciamos tu esfuerzo, pero "Swann se repone de Odette" no puede ser, simplemente». Encuentran encantador que esta joven apasionada lea a Proust en el festival callejero, pero no es asunto suyo, no los emociona nada; prefieren detenerse delante de los *breakdancers* porque girar así sobre sí mismo hay que saber hacerlo, o bien se compran un helado en el salón de té cerca de la catedral, aunque no haga un sol espléndido, porque los helados son deliciosos, la verdad.

Son las once y cinco, y Clara no va a leer sola, en voz alta, si no hay nadie. Sería patético. Así que, para disimular, forzando una semisonrisa, repasa los textos que se sabe prácticamente de memoria, por si acaso alguien la estuviera mirando. ¿Cómo ha podido imaginar que iba a salir bien? En la vida hay que hacer cosas normales. Ser peluquera está bien: trabajas cinco días por semana, te dan un salario a fin de mes y al mes siguiente vuelves a empezar. Tiene un sentido, significa algo tanto para la peluquera como para la clienta, en tanto que instalarse en la calle esperando que la gente venga a sentarse en unas alfombras para escuchar extractos de *En busca del tiempo perdido* es algo que no guarda ninguna relación con el mundo de hoy; no hay nada visible, nada instagrameable. Todo lo contrario del *breakdance* o las dos bolas de helado de vainilla de Madagascar, con una presentación preciosa en su tarrina.

Las once y once. No ha acudido nadie. Basta de humillación. Clara coge su bolso; le pide al vendedor de pastelitos orientales, en la acera de enfrente, que vigile sus cosas; y se marcha calle arriba.

En la librería, que por una increíble casualidad se encuentra a veinte metros de donde Clara planeaba leer, ve a Flanders con el ceño fruncido ante su ordenador. Un poco más allá, unos jóvenes actores interpretan una obra cómica en las ventanas de un edificio, aparecen en el primer piso o en el entresuelo por turnos para recitar el guion. Clara se detiene a observarlos y, por primera vez en toda la mañana, sonríe. Le sienta bien verlos porque son divertidos y también porque, aunque actúan solo para una persona más aparte de Clara, parecen felices. Lo que interpretan no es una obra, sino más bien una serie de *sketches* bastante cortos. Al final de uno de ellos, Clara aplaude y prosigue su camino en dirección al río.

En la Rue Saint-Georges, un chico sentado junto a una pared toca un instrumento que Clara no había visto nunca. Es una especie de platillo volante de metal pequeño con algunos huecos que, al golpearlos, producen cada uno su propia nota. El chico consigue así una melodía de reminiscencias hawaianas, delicada, bastante cautivadora. No obstante, la gente pasa de largo. Clara se detiene, escucha la música, observa al chico. La expresión aplicada de su rostro; sus manos largas y precisas; y hasta los dedos de sus pies, que asoman modosamente de las sandalias; todo tiene un efecto calmante y sensual en ella. Recuerda lo que ha soñado esta madrugada, su cuerpo unido al de Proust, la sensación de su piel suave, y comprende que ha pasado demasiado tiempo sin hacer el amor. El músico debe percatarse, porque, sin dejar de tocar, levanta la mirada y le sonríe. Clara se escabulle, se aleja, se topa con un arlequín montado sobre unos zancos, magnífico. Lleva un antifaz negro decorado con plumas blancas y un traje del color de los caramelos de Navidad. Se inclina hacia Clara cuando esta lo adelanta y empieza a seguirla. Ella acelera el paso y él la deja ir con una mueca de tristeza.

Cuando ya está llegando a la dársena del río, se dice a sí misma que le gusta este ambiente un poco alocado, creativo. Sin duda, este festival es mejor vivirlo como espectadora que como artista. Ha debido de ser un despiste, un error de *casting*. Decide que llamará a la responsable del festival para preguntarle si es posible retirarse, no volver esta tarde. Con cero espectadores en su primera lectura, seguro que lo comprende.

Se sienta en un banco paralelo al río Saona. Su mirada se detiene primero en el río frente a ella y a continuación en una pareja que llega por su derecha, un hombre y una mujer que corren juntos y que Clara reconoce de inmediato. J. B. e Isabelle Audoin. Al instante coge el bolso y baja la cabeza como si buscara algo dentro... Cuando la pareja pasa por delante de ella, con sus trajes negros y ajustados al cuerpo, Clara no puede evitar levantar un poco la vista. Ellos siguen concentrados en sus trotes y no le prestan atención, pero Clara observa dos cosas. La primera es que J. B. ha engordado. Bah, solo un poco, pero lo suficiente como para que se le note entre las caderas y los muslos. La segunda es que la chica que lo acompaña no es Isabelle Audoin. Es una rubia con coleta y asombrosamente delgada, salvo por los senos y los glúteos. Nada que ver con la encantadora profesora de la escuela de viticultura de Beaune que, sin comerlo ni beberlo, Clara ha culpado del fracaso de su vida en pareja. En ocasiones, la vida se burla de nosotros.

Almuerza *sushi* reseco y, de vuelta a la Rue des Tonneliers, llama a la responsable del festival, quien le dice que no, que no se puede abandonar el primer día, que no sería correcto para con el comité que la ha seleccionado, que es cierto que leer a Proust atrae a menos gente que el *breakdance*, pero que precisamente eso la distingue, hace que sobresalga del resto, que justo el otro día se lo comentó a una amiga que trabaja como periodista independiente en el *Journal de Saône-et-Loire*, que le dijo «Deberías hablar de esa joven que lee a Proust», y que la amiga le respondió que intentaría que publicaran algo en la edición del sábado, lo que sería ideal porque el festival no despega de verdad hasta el fin de semana...

Hay alguien sentado en las alfombras.

Son las catorce horas y cincuenta y siete minutos. No puede ser que alguien se haya sentado por casualidad, porque estuviera harto de andar. No, es evidente que espera a la lectora, espera que empiece la lectura en voz alta.

Se saludan educadamente. Clara toma asiento, se da cuenta de que está nerviosa y recuerda la pregunta que Madame Habib le planteó a este respecto. En cualquier caso, es su primera lectura pública. Saca el libro y una botellita de agua del bolso, se aclara la voz y se dirige a su único espectador:

–Voy a leer un extracto de *A la sombra de las muchachas en flor*. Es un pasaje que me gusta mucho. Estamos en el tren con el protagonista y su abuela, que van hacia Balbec, en la costa de Normandía.

El espectador, un sexagenario menudo y bronceado que debe de ser aficionado al ciclismo, en lugar de escuchar, le pregunta:

–¿Le gusta el actor Fabrice Luchini?

Clara no entiende el interés de semejante pregunta. A modo de respuesta, se pone el índice delante de la boca para invitarle a guardar silencio. Abre el libro y cierra un momento los ojos para despejarse, para estar solo aquí, en este instante y en este lugar, y se lanza:

–«Las salidas del sol son como un acompañamiento de los viajes largos en tren, como los huevos duros, los diarios con fotos, los juegos de cartas...».

Escuchar su voz de lectora le produce la sensación de reencontrarse con una buena amiga. Siente un calor en un cuerpo, una fuerza especial, el sentimiento de que, cuando lee a otros en voz alta, nada malo le puede pasar. Está hecha para esto, para hacer que los demás oigan la música de las palabras; tiene que convencerse de eso.

–«El paisaje se tornó accidentado, abrupto, y el tren se detuvo en una pequeña estación entre dos montañas...».

(Apareció una joven vendedora de mejillas sonrosadas y ofreció café con leche a los pasajeros del tren. Al verla, Marcel experimentará el gusto de la belleza y de la felicidad, hasta el punto de imaginar el placer que le produciría vivir con ella, seguirla en sus actividades cotidianas. Clara adora esta evocación luminosa, en la que el lector no sabe bien si se trata de un sueño o de un recuerdo).

–«Por encima de su cuerpo voluminoso, su rostro era tan dorado y sonrosado como si estuviera al otro lado de una vidriera iluminada».

Dos pequeñas marcas la invitan a hacer una pausa. Clara levanta la mirada para comprobar el efecto de la lectura en su espectador, pero el hombre ha desaparecido. ¿Cuándo? Clara lo ignora; es posible incluso que haya estado un par de minutos leyendo en voz alta para nadie. Bueno, para nadie no, porque el vendedor de pastelitos orientales está de pie en el umbral de su tienda, con los brazos cruzados sobre el delantal que le cubre el vientre abultado. Antes de volver al interior, saluda a Clara con un gesto del mentón, y ella pasa un rato con el libro sobre los muslos, con los hombros relajados, sin pensar en nada...

–¿Todo bien?

Una chica que pasaba por la calle se detiene a la altura de Clara.

–Buf.

–Pareces como...

–No tengo público. Había una persona, pero...

No tiene fuerzas para continuar.

La chica se sienta frente a ella, sobre las alfombras. Es morena, con unos ojos bonitos de cervatillo y una barbilla pronunciada. Lleva una camiseta sin mangas color caqui y desprende un ligero olor a sudor.

–El primer día siempre es muy flojo. La gente no se atreve a detenerse. Miran qué les interesa y se dicen que ya volverán. Nosotros, por ejemplo, no actuamos hoy. Empezamos mañana. Pero incluso mañana será flojo. Se empezará a animar el viernes.

–¿Actúas en una obra?

–Sí. En Port-Nord, con un grupo. Se llama *Feliz Navidad y buen apocalipsis.* A lo mejor has visto los carteles. Más que una obra, es un recorrido. Invitamos al público a deambular por lo que, a nuestro entender, será el mundo posapocalíptico.

–Guau...

–Me llamo Mathilde.

–Clara.

Se estrechan la mano.

–Clara, la que lee a Proust...

–Sí, bueno, esta mañana no he leído demasiado.

–Eso cambiará –dice Mathilde.

Coge *A la sombra de las muchachas en flor* y lo hojea antes de comentar:

–Proust. Nunca me he atrevido con él. Es como Dostoievski, un tipo especial. Me impresionan, la verdad.

–No tienes por qué.

–Y no resulta un poco... ¿pesado?

–Al contrario, es ligero. Bueno, en mi opinión. A mí me hace volar.

Mathilde escoge un párrafo cualquiera y lo lee para sí antes de leerlo en voz alta, separando bien las sílabas:

–«La pena que causa una persona amada puede ser amarga, aun cuando se encuentre encajada en medio de preocupaciones, quehaceres y alegrías que provienen de otras cosas, y de las que nuestra atención se aparta de cuando en cuando para volver de nuevo hacia la persona amada...». Es como la filosofía, de hecho.

Clara sonríe.

–¿No te parece que te hace sentir bien?

–No lo sé, tendría que pensarlo –dice sonriendo Mathilde.

Le devuelve el libro y se hace un silencio durante el cual Clara observa la fachada del edificio de enfrente, en especial una chimenea, en lo alto, que el sol, que acaba de aparecer entre las nubes, tiñe de un amarillo incandescente.

–Ven. –Mathilde se ha puesto de pie y le tiende una mano–. Te voy a sacar de aquí.

–¿Adónde vamos?

–De momento, no te digo nada.

Clara se levanta.

–A las seis tengo una lectura.

–Ya estarás de vuelta.

–Tengo que pedirle al señor de enfrente que vigile mis cosas.

Tras hacerlo, las dos jóvenes suben juntas la calle. Parecen dos hermanas.

Clara solo había visto el Port-Nord desde lejos. Es una zona industrial espectacular abandonada, un paisaje de ruinas metálicas, de barracones con ventanas rotas y de charcos verdosos, seguramente tóxicos. Las grúas y las pasarelas dibujan una suerte de esqueletos en el cielo, y el aire hace chirriar las poleas, que parecen emitir gemidos. En medio de esta pesadilla, un colectivo de artistas se ha instalado en un viejo almacén. Dentro hay un piano de «*saloon*», un perchero con ruedas con trajes de escena, una caja repleta de alcachofas, una bicicleta colgada del techo y una colección de puertas de todos los colores que deben de servir para decorado. Pero esta tarde no hay nadie allí; la vida se concentra fuera, en la inmensa terraza de madera que hay a la entrada. Allí, entre el caos de las mesas y los bancos, alguien toca unos acordes en una guitarra, y otro conversa, mientras apaga el cigarrillo en un pequeño cenicero de acero inoxidable; en un rincón, hay otra persona sentada a solas, abrazándose las piernas flexionadas con expresión meditabunda y la mirada perdida en el río Saona, a pocos metros de allí. Para Clara, el espectáculo es una revelación. Se puede vivir así, existe esta opción, no es indispensable ir todos los días a cortar, rizar el pelo o hacer la permanente a mujeres a las que no vería en otras circunstancias.

–Os presento a Clara –dice Mathilde a todos en general–. Lee a Proust en la Rue des Tonneliers.

La guitarra deja de sonar, todos vuelven la cabeza hacia ella y se oye un «Hola, Clara». Ella los saluda con la mano, y entonces ve un rostro que reconoce. Es el músico de esta misma mañana. Está allí, frente a ella, como si se hubiera preparado. Está acabando de liar un cigarrillo, con un pie desnudo sobre el banco. Luce la misma sonrisa que en la Rue Saint-Georges. Es un hombre alto y delgado, casi flaco.

Mathilde le pregunta a Clara qué quiere beber. Ella responde que una cerveza antes de buscar la mirada del músico, que con un gesto la invita a sentarse frente a él. La guitarra vuelve a sonar. El día es precioso. El río Saona, iluminado por el sol, tiene reflejos opalinos.

Segundo día (jueves)

No ha podido dormir más de cuarenta minutos en toda la noche y, sin embargo, no siente ningún cansancio. Lleva una hora dirigiéndose a los paseantes que le caen simpáticos en la Rue des Tonneliers. «Señora, ¿sabe quién es Proust?», o «Algo me dice que le gusta Marcel Proust». Y, cuando ya no pasa nadie más, hace lo mismo en la Rue aux Fèvres. «Si le digo *El mundo de Swann*, ¿en qué escritor piensa?». La gente le sigue el juego; van de paseo, están de vacaciones, y ella es joven y guapa.

Ayer tarde, en Port-Nord, Mathilde y los otros le explicaron que tenía que ir en busca de su público. «Tienes que cogerlos por el cuello, como hace una gata con sus gatitos». Sobre todo con su tipo de espectáculo. Aparte de algunos incondicionales de Proust, nadie iría por su propio pie a sentarse sobre unas alfombras para escuchar una lectura titulada *El viaje en tren y la vendedora de café con leche*. Hay que elogiar la belleza de la prosa, explicarles lo mucho que les gustará, la satisfacción que sentirán más adelante cuando, al oír nombres como Swann, Charlus o Guermantes, sepan de quiénes les hablan.

Y, entre lecturas, nada de quedarse sentada contemplando las chimeneas de enfrente o charlando con el vendedor de pastelitos orientales. Tiene que hacer publicidad. Distribuir folletos, por ejemplo. Reproducciones tamaño postal del cartel que ha diseñado Patrick, para lo que deberá encargar quinientos ejemplares en Top Office...

Clara ha hecho todas estas cosas con una facilidad extraordinaria, con un placer evidente y contagioso. Las noches cortas son estimulantes, y además siente un fuego interior que convierte en cenizas cualquier temor. Está animada por la noche que ha pasado, por las personas que ha conocido, por su creatividad. Por la lectura que les hizo, un poco después de medianoche, a la luz vacilante de las velas colocadas en las cuatro esquinas de la terraza, de uno de sus pasajes preferidos de *En busca del tiempo perdido*. Es uno de los episodios más divertidos y más crueles, cuando los Guermantes, que están a punto de salir para un evento social, hacen caso omiso de Swann, que viene a anunciarles que padece una enfermedad mortal. «¡Si está usted tan fuerte como el Pont Neuf! ¡Nos enterrará a todos!». Sin hablar del rato que pasó después con Paolo, el chico guapo que tocaba el *hang*, bajo el techo acristalado del almacén, en un rincón decorado como el camarote de un barco, donde las palabras se convirtieron en caricias con las primeras luces del día.

Su campaña de publicidad ha dado algunos frutos. Ocho personas (una multitud) asisten a su lectura de las once de la mañana. Hay que decir que Clara apuesta fuerte, porque ha empezado la jornada con *La pequeña magdalena.*

–«Pero, en el preciso instante en que aquel trago mezclado con las migas del bollo tocó mi paladar, me estremecí, atento a algo extraordinario que ocurría en mi interior...».

Veinte minutos de felicidad, a cuyo término resonaron los aplausos en la Rue des Tonneliers.

A las tres de la tarde Clara tiene un poco menos de público: cinco personas al principio de su lectura, seis al final, lo que era previsible. Después de comer, las calles se vacían antes de volver a llenarse y, además, el fragmento que lee no es tan conocido como *La pequeña magdalena.* Se trata de *La aparición de Odette en la Avenue du Bois.*

–«Tardía, lenta y lozana, Madame Swann aparecía de repente en la arena de la avenida, como una hermosa flor que no se abre hasta el mediodía, desplegando un atuendo diferente cada vez y que recuerdo sobre todo de color malva...».

Al levantar la cabeza durante su lectura, Clara observa que alguien la está filmando con su móvil. Otro destello de dicha en este día lleno de magia. Como cuando una transeúnte le grita: «¡Para leer a Proust en la calle hay que tener cojones!». O Flanders, que viene a verla para decirle que esta mañana ha vendido dos ejemplares de *Por el camino de Swann*. «¡Con sus lecturas va a impulsar las ventas de Proust!».

Y más tarde, ese regalo, esa recompensa cuando, entre las diez personas que han acudido a escuchar la lectura de *Cómo funcionan los recuerdos* a las seis de la tarde, Clara reconoce a Madame Habib, a Nolwenn y a Patrick. Jacqueline, tan elegante como si asistiera a una ceremonia de entrega de la Legión de Honor en el Elíseo; Patrick, con una camiseta negra atravesada por la inscripción *I'd rather be dead*; Nolwenn, que la saluda con la mano. Clara se siente embargada por una emoción que tendrá que mantener a raya durante su lectura.

–«La mejor parte de nuestra memoria está fuera de nosotros, en una brisa cargada de lluvia, en el olor a cerrado de un cuarto o en el perfume de una primera llamarada, dondequiera que encontremos esa parte de nosotros que nuestra inteligencia, al considerarla inútil, ha desdeñado...».

Tras la lectura, los cuatro se reúnen.

–No lo he comprendido todo, pero lees muy bien, es como si lo hubieras hecho toda la vida. (Nolwenn)

–La verdad es que eres *the best*. ¿Alguien quiere una birra? (Patrick)

–¿Qué es lo que no has entendido? (Madame Habib a Nolwenn)

–Nada. Bueno, todo. Encuentro que lo dice de una forma muy complicada. (Nolwenn)

–Al contrario, es muy sencillo. Explica que lo que nos reaviva más los recuerdos son los detalles que hemos retenido en la memoria sin darnos cuenta, como el olor de una habitación o del fuego de una chimenea. (Madame Habib)

–¿A nadie le apetece una birra? (Patrick)

Se encuentran en la terraza de un café en la Rue Saint-Vincent, a la hora en que el sol, justo enfrente de ellos, corta sus rostros en dos. Madame Habib, más distendida gracias a un cóctel americano, empieza a hablar de sus padres, lo que no había hecho nunca. No sabe quién fue su padre; la criaron su madre y sus tías, y Clara entiende entonces que su miedo al abandono no es tanto el de una adulta como el de una niña que ha visto cómo abandonaban a su suerte a las mujeres de su entorno. Patrick la escucha con atención mientras da caladas a un cigarrillo que ha tardado una eternidad en liar. Nolwenn, un poco ausente, contempla a las personas que pasan por la callejuela antes de sorprenderlos a todos anunciando:

–Tengo que deciros una cosa. –Se hace el silencio alrededor de las dos mesitas. Todos esperan algo dramático–. Ya tengo mi permiso –dice ella, como si nada, como si anunciara la hora.

–¿Tu permiso... de conducir? –pregunta Patrick.

Nolwenn asiente.

–Me volví a presentar sin deciros nada, porque creía que volvería a suspender. Pero, bueno, he aprobado.

–¡Vaya! –dice Madame Habib. Emocionada y desinhibida gracias al cóctel, pivota sobre su silla para abrazar a su empleada–. Estoy muy orgullosa de ti.

Clara levanta su copa en dirección a Nolwenn.

–Bravo –dice sonriendo, antes de cruzar la mirada con un chico alto y delgado que se acerca a su mesa, se inclina y le da un beso en el cuello.

Paolo se une a ellos con su pequeño platillo volante, sus bonitos párpados soñolientos, sus gestos tranquilos. Paolo, quien esta mañana la ha despertado cantándole *Águas de Março* mientras recorría con el índice los contornos de su rostro. «É o pau, é a pedra, é o fim do caminho...». Habla del calor que hace, del fin de semana siguiente y de una chica un poco loca que, mientras él estaba tocando, le ha susurrado al oído: «Me casaría ahora mismo contigo». Clara lo escucha mirando a los demás. Es una tontería, pero durante todo este tiempo, sin una razón concreta, quizá simplemente porque hoy es un día que ha salido perfecto y no se repetirá, de modo que mientras pasa es como si ya hubiera pasado, tiene que esforzarse por contener las lágrimas.

Epílogo
Habrá que decírselo

La idea era que fueran directamente al hotel desde la estación, pero Isabella ha querido ver primero la peluquería donde había trabajado su madre. Esa historia siempre le había despertado curiosidad. De pequeña se la contaba incluso a la gente que no le había preguntado. «Antes, mi madre era peluquera». Ahora, en general las personas que conocen a Clara ya saben cuál fue su primer trabajo, y su hija, que ya no es una niña, no siente necesidad de hablar de ello. Sin embargo, tiene muchas ganas de ver la peluquería y, en caso de que ya no exista, el lugar donde estaba.

Es una mañana de septiembre, fresca pero luminosa. Clara, que no tiene que ir al teatro antes del mediodía, cuenta con dos horas de libertad, y en el fondo tiene las mismas ganas de ver la peluquería que Isabella. Es la primera vez que vuelve a Chalon; en todo este tiempo no ha tenido la ocasión de volver. Sus padres viven en Morvan; su hermana, en Louhans; y su amiga Anaïs se ha mudado a Lisboa. La representación teatral de esta tarde es lo único que la ha hecho regresar después de tantos años.

Clara telefonea al hotel para decir que no las esperen y sube a pie con su hija por el Boulevard de la République. Al final del bulevar giran a la izquierda en dirección al barrio de la Citadelle. La peluquería no estaba lejos. Isabella, acostumbrada al bullicio parisino, reacciona como siempre que sale de París. Lo encuentra todo encantador, acogedor; a los diez minutos ya está hablando de venir a pasar un tiempo aquí después de los exámenes finales. A Clara, atenta a las transformaciones del pueblo, le parece que no ha cambiado mucho. Tal vez un poco los comercios. Hay una Fnac en la Rue du Général-Leclerc, y parece que los vecinos de Chalon se alimentaran solamente de tacos o de kebabs. Pero su personalidad, la de un pueblo que resiste a los asaltos de la fealdad y la codicia, de un combatiente que tendría mejor suerte si no estuviera tan solo, le parece que no ha cambiado.

En la Avenue de Paris, su mirada se detiene en el cartel de un espectáculo programado para la última edición de Chalon en la Calle, un dibujo al estilo Reiser[4] que la transporta al pasado tan rápidamente como una cancioncita que llevara un tiempo sin oír. Todo vuelve a su memoria, el pequeño taburete de mimbre, las alfom-

4. Jean-Marc Reiser fue un caricaturista que trabajó sobre todo en los años sesenta y setenta en muchas publicaciones, entre otras *Charlie Hebdo*. (*N. de la T.*)

bras que Anaïs la ayudó a transportar, la lista de las lecturas pegada con cinta adhesiva bajo el signo de prohibido girar, y comprende que su hija no sabe gran cosa sobre esa época de su vida, sobre su enamoramiento de Proust, sobre lo importante que fue para ella la obra del escritor, sobre cómo le permitió pasar del mundo que habitaba al del arte y los artistas, el único en realidad capaz de convertir su vida en algo apasionante. Tendrá que decírselo, hablarle de esos meses un poco alocados en los que Clara tenía la impresión de correr cada vez más deprisa, de tomar impulso y de saltar lo más lejos posible. ¿Cómo va a entender, si no, que dedique su vida a recitar a otros los grandes textos, es decir, a intentar cada noche que otros sientan el hechizo que sintió ella al leer *En busca del tiempo perdido*?

Además, es una historia ejemplarizante. No son muchos los que se reinventan. Generalmente, damos por buena la versión de la realidad que nos presentan en primer lugar, no la cuestionamos por falta de audacia, porque es más fácil y más cómodo no hacerlo. Y así vivimos la vida imperfecta y frustrante de alguien que no se parece a nosotros ni de lejos. Clara tiene pocas certezas, cada vez menos en realidad, pero hay una cosa de la que está segura: no nos damos cuenta de hasta qué punto nuestro destino está modelado por los otros.

Al llegar a la Place de la Libération, se detienen y Clara se toma un momento para situarse. Ve una farmacia que no existía; lo que había allí era un café que hacía esquina y que regentaba una mujer teñida de rubio que las visitaba cuando abrían la peluquería, y cuyo nombre no recuerda.

–La peluquería estaba en este pasaje –dice, señalando–. En la parte izquierda.

Isabella levanta una ceja, un gesto que ha heredado de su padre.

–Es un lugar curioso. No parece nada comercial.

–Es cierto. Era curiosa esta pequeña peluquería escondida, cuando había otras muy a la vista en la plaza. Además, en el pasaje estaba retranqueada, no se veía. Creo que mi jefa no tenía espíritu comercial.

–¿Qué hace ahora?

Clara recuerda la llamada telefónica de su madre, dos o tres años después de que ella se marchara de Chalon. Annick había leído en el *Journal de Saône-et-Loire* que una mujer había muerto en la carretera de Tournus mientras hablaba por teléfono al volante de su Mayfair. «Madame Habib, ¿no se llamaba así tu jefa?».

Se dispone a responder a su hija, pero no tiene ocasión. Han entrado en el pasaje, Isabella ha visto el hueco de la peluquería y se aleja, deseosa de saber si todavía existe. Cuando se detiene, Clara no sabe lo que está mirando.

Sigue siendo una peluquería, con la misma puerta acristalada a la izquierda y el mismo escaparate, desde donde se ve todo el interior. Pero el local se llama L'Hair du Temps, las paredes son de un verde pálido, la decoración es minimalista y ya no hay mostrador. Y, por supuesto, el personal ha cambiado. Una peluquera, solo una, sin duda la jefa, está medio sentada detrás de un adolescente al que está afeitando la nuca. Es una cuarentona corpulenta, con el pelo corto. Clara cree reconocerla. Sí, es ella, es Nolwenn, con dieciséis años más. La propia Nolwenn, al intuir una presencia en el pasaje, vuelve la cabeza hacia su izquierda. Ve a Clara y aparta rápidamente la mirada. No la ha reconocido. Se cala las gafas y le dice algo al adolescente, que responde con una sonrisa. Clara se dice que es mejor así, que hay recuerdos que es mejor no despertar, pero entonces ve que Nolwenn vuelve de nuevo la cabeza en su dirección, esta vez despacio. La cara de la mujer al otro lado del cristal le suena de algo.

AGRADECIMIENTOS

Mi agradecimiento al Centre National du Livre [Centro Nacional del Libro] y a la región de Bourgogne-Franche-Comté, que han concedido una beca para la escritura de este libro.

Gracias también a Emmanuel Delorme, Pascaline Fornot, Gabrielle Lécrivain, Frédéric Le Roux, Aurore Mamet, Laurent Mauvignier, Jean-Noël Pancrazi, Quentin Piters, Maud Simonnot, Laurence Torzo, Michaël Uras y Claude Vercey por su valiosa ayuda.

Esta edición de *La peluquera y Proust*, de Stéphane Carlier,
se terminó de imprimir en Grafica Veneta S.p.A.
de Trebaseleghe (PD) de Italia en junio de 2024.
Para la composición del texto se ha utilizado la tipografía
Celeste diseñada por Chris Burke en 1994
para la fundición FontFont.

Duomo ediciones es una empresa comprometida con el medio ambiente. El papel utilizado para la impresión de este libro procede de bosques gestionados sosteniblemente.

PEFC
PEFC/18-31-226

Este libro está impreso con el sol. La energía que ha hecho posible su impresión procede exclusivamente de paneles solares. Grafica Veneta es la primera imprenta en el mundo que no utiliza carbón.

GV
GRAFICA VENETA